中國語言文字研究輯刊

初 編

許 錟 輝 主編

第 9 冊

兩周金文軍事動詞研究（下）

莊 惠 茹 著

花木蘭文化出版社

國家圖書館出版品預行編目資料

兩周金文軍事動詞研究（下）／莊惠茹 著 -- 初版 -- 新北市：
花木蘭文化出版社，2011〔民 100〕
目 4+150 面；21×29.7 公分
（中國語言文字研究輯刊 初編；第 9 冊）
ISBN：978-986-254-705-2（精裝）
1. 金文 2. 漢語語法 3. 周代
802.08 100016360

ISBN-978-986-254-705-2

9 789862 547052

中國語言文字研究輯刊

初 編 第 九 冊 ISBN：978-986-254-705-2

兩周金文軍事動詞研究（下）

作 者 莊惠茹
主 編 許錟輝
總 編 輯 杜潔祥
出 版 花木蘭文化出版社
發 行 所 花木蘭文化出版社
發 行 人 高小娟
聯 絡 地 址 新北市永和區中正路五九五號七樓之三
電話：02-2923-1455／傳眞：02-2923-1452
網 址 http://www.huamulan.tw 信箱 sut81518@gmail.com
印 刷 普羅文化出版廣告事業
初 版 2011 年 9 月
定 價 初編 20 冊（精裝）新台幣 45,000 元

兩周金文軍事動詞研究（下）

莊惠茹　著

目

次

第五章 兩周金文軍事動詞分類彙釋
（三）——戰果類、班返類、安協類

　　本章討論戰爭結束後的種種軍事行為動詞，依其內容區分成：第一節戰果類：一、俘獲項。二、勝敗項；第二節班返類、第三節安撫類等，總共羅列 34 個動詞進行討論。

第一節　戰果類

一、俘　獲

　　金文之俘獲用語共有：折、取、奪、敓（奪）、孚（俘）、得、隻（獲）、秋（獲）、執、孖（捋）、禽（擒）、戠（捷）等 12 個，這些用語多見於西周時期，尤以戰爭頻繁的西周晚期為最，受限於時代環境的改變，東周金文中之俘獲字用例上相對減少，諸俘獲語之後的賓語內容也有所不同，詳述於次。

　　1.【折】

　　「折」字甲文作 𣂹（《合》18457）、�（《合》21002）、𣂤（《合》29092），從斤斷木，會以斧斤斷木之意，所斷之處或添口以強調。金文作 𣂒（〈兮甲盤〉，10174，西周晚期）、𣂒（〈毛公鼎〉，2841，西周晚期）、𣂒（〈洹子孟姜壺〉，2729，春秋），所從斷木訛作 𡳰 形，到了春秋時期在斷木處添＝以示斷木處。戰國文字作 𣂙（帛丙 10.3），小篆作 𣂧，後訛屮作手或體作 𣂧。《說文》「折」字入手部，

云：「𣂕，斷也，从斤斷艸。譚長説。𣂕籀文折从艸在仌中，仌寒故折，𣂚篆文斷从手」。〔註1〕從金文𣂥字可知《說文》籀文作𣂕乃有所本，許書云「从艸在仌中」非是。甲骨文「折」字或爲地名，或用其本義"斷"，如《合集》15004：「勿屮折豕」等。金文之「折」多指斷首，偶假作「誓」（發誓）、「哲」（知也），〈毛公鼎〉：「毋折緘」則多視作典籍所云「折口」、「杜口」，訓作閉口不言。楚簡之「折」則常讀爲「制」，「折」、「制」上古音義均近。如九店簡「折衣常」讀「制衣裳」，然亦有用本義者，如〈語叢〉：「不折其積（枝）」。〔註2〕

　　金文「折」作本義者，皆用於西周時期之戰爭俘獲語，尤以西周晚期常見，所「折」者必爲敵人首級，「折首」一詞在西周晚期成爲軍事習語。「折首」一詞計出現在 9 件器物中，凡 22 例，其中「折首」獨用者 9 例，「折首執訊」9 例，或云「執訊折首」以示變化，計 3 例；在用例中，西周早期 1 器 1 例，餘 8 器 21 例皆見於西周晚期：

（1）西周早期

例 1.

> 王令盂以□□伐鬼方，□□馘□，□[執]□[𥏪]（酋）三人……王□
> 曰□，盂拜頴首，[呂]𥏪（酋）進，即大廷。王令焚（榮）□𥏪。□□
> □𥏪（酋），御（鞠）𠦪故。□[曰]：「趩白（伯）□[鬼]□
> [聞]馘（鬼）𤔲（聞）盧（且）呂（以）新（親）□從。」咸，折𥏪（酋）于□。
> （〈小盂鼎〉，2839，西周早期，康王）

「折𥏪（酋）」僅見於西周早期的〈小盂鼎〉。銘載器主「盂」領軍大戰之後，凱旋歸國，在周廟進行由康王主持的飲至禮，典禮內容包括獻俘授馘、審訊敵酋、王將賓客相互獻酒等，諸禮節依序進行。「折酋」屬銘文第三段，身爲大司馬的榮伯審訊了鬼方首領「鬼聞」之後，將三酋斬殺。「折酋」後以介詞「于」引進處所補語，唯該字銘殘不識。

（2）西周晚期

例 2.

> 犖畀其井，師同從。折首執訊，孚（俘）車馬五乘、大車廿、羊百，

〔註 1〕段玉裁注：《説文解字注》，頁 45。

〔註 2〕《古文字譜系疏証》（三），頁 2452。

刊用徃王羞于臬（奠），孚（俘）戎金：胄卅，戎鼎廿、鋪五十、鐱（劍）

廿，用鑄**丝**（茲）尊鼎，子子孫孫其永寶用。（〈師同鼎〉，2779，西周

晚期，屬夷王前期）

〈師同鼎〉王系不明，器主「師同」又見於〈師永盂〉及〈同簋〉，李學勤據三

器間的關係，認爲師同歷經懿王、孝王、夷王三個王世，屬西周晚期早段器。

〔註3〕彭裕商參考李說，並驗諸器形類同〈多友鼎〉、〈大鼎〉等，定爲屬夷王前期

器，〔註4〕本文從之。由於鼎銘屬整篇銘文之後段，故師同從伐之事不清楚，鼎

銘於折首及執訊數皆無詳載，而將戰功的重點放在所俘之車馬、馬車、牛及戎

金上。可知在西周晚期，有實體利用價值的戰利品之獲得，較耀武揚威之儀式

意味濃厚的獲首數、獲俘數更顯重要。

例3.

多友西追，甲申之脣（晨），搏（搏）于郗，多友右（有）折首、執訊、

凡吕（以）公車折首二百又□又五人，執訊廿又三人，孚（俘）戎車百

乘一十又七乘，衣（卒）䤼（復）筍（郇）人孚（俘）。或（又）搏（搏）于龔

（共）。折首卅又六人，執訊二人，孚（俘）車十乘。從至，追搏（搏）

于世，多友或（又）右（有）折首、執訊。乃趨追至于楊冢。公車折首

百又十又五人，執訊三人，唯孚（俘）車不克吕（以），衣（卒）焚。（〈多

友鼎〉，2835，西周晚期，屬夷王）

〈多友鼎〉「折」字5見，在同一場戰役裡分述「折首、執訊、凡吕（以）公車折

首二百又□又五人，執訊廿又三人，孚（俘）戎車百乘一十又七乘」，如此特將「凡

以公車折首」之折首所憑藉的工具提列而出，似乎是爲了強調多友在「武公命

多友率公車羞追」的前提下，以公家兵車捷勝的戰果。

例4.

王征南淮尸（夷），伐角、溝（津），伐桐、遹（遹），翏生（甥）從。執蟋（訊）

折首，孚（俘）戎器，孚（俘）金。用乍旅盨，用對剌（烈）。翏生眔大

媥（娟）其百男百女千孫，其邁（萬）年眉壽永寶用。（〈翏生盨〉，4459

～61，西周晚期，屬夷王）

〔註3〕李學勤，〈師同鼎試探〉，《新出青銅器研究》，頁120。

〔註4〕彭裕商：《西周青銅器年代綜合研究》，頁421。

更「折首執訊」爲「執訊折首」，可視爲一種活潑文意的用法。

例 5.

> 侯穌折首百又廿，執嚚廿又三夫。王至于勯勮，王窺遠省嚚。王至
> 晉侯穌嚚，王降自車，立南卿，窺令晉侯穌自西北遇（隅）章伐勯勮，
> 晉侯達厇亞旅小子或人先啟，入折首百執嚚十又一夫，王至，淖淖
> 列列尸出蘆（奔），王令晉侯穌達大室小臣，車僕從述逐之，晉侯折
> 首百又一十，執嚚廿夫；大室小臣車僕折首百又五十，執嚚六十夫。
> （〈晉侯穌鐘〉，《新收》872、874、878，西周晚期，厲王）

周厲王三十三年的東伐宿夷之戰，依戰程「折」字 4 見，「折首」之前必有主
語，其中主語爲晉師者 3 見、主語爲晉侯所率周王室公族 1 見，戰功分列清
楚。

例 6.

> 隹五年三月既死霸庚寅，王初各（格）伐嚴狁（玁狁）于舋膚。兮圃（甲）
> 從王折首執嚚，休亡啟（閔）王易兮圃（甲）馬四匹、駒車。（〈兮甲盤〉，
> 10174，西周晚期，宣王）

例 7.

> 女（汝）多折首埶嚚（執訊）。戎大同從追女（汝），女（汝）彶（及）戎大
> 章戰（搏）。女（汝）休，弗吕（以）我車圅（陷）于囏（艱）。女（汝）多禽，
> 折首埶嚚（執訊）。（〈不娶簋〉，4328 器、29 蓋，西周晚期，宣王）

例 8.

> 王若曰：「師寰！淮尸（夷）繇（舊）我員晦臣，今敢（薄）厇衆叚（暇），
> 反厇工吏，弗速（蹟）我東郰（國）。今余肇令女（汝）達（率）齊帀（師），
> 員（紀）、釐（萊）、右虎臣正（征）淮尸（夷），即質厇邦獸，曰冉、曰粦、
> 曰鈴、曰達。」師寰虔不冢（墜），夙夜卹厇牆（將）事，休既又工（有
> 功），折首埶嚚（執訊），無諆徒馭（馭），毆孚（俘）士女羊牛，孚（俘）
> 吉金。（〈師寰簋〉，4313～14，西周晚期，宣王）

周宣王器〈兮甲盤〉載伐玁狁、〈不其簋〉載玁狁來犯、〈師寰簋〉則爲淮夷叛
亂，三器皆以「折首執訊」一語簡單帶過折首及執訊事，而將重點擺在下文的
其他戰事（另一場戰役）、戰功（俘獲物）或王賞上。

例 9.

> 不顯子白，壯武于戎工（功），經纊（維）四方，搏（搏）伐嚴狁（玁狁）
> 于洛之陽，折首五百，執訊五十，是吕（以）先行。趕趕子白，獻戒（馘）
> 于王。王孔加（嘉）子白義。（〈虢季子白盤〉，10173，西周晚期，宣
> 王）

〈虢季子白盤〉銘首記「白」征玁狁有功，次記先行歸而獻馘，故與上述僅以
「折首執訊」一語帶過的寫法不同，而是強調出折首數與執訊數。

2.【取】

「取」字甲文作 [字] （《合》296），金文作 [字]（〈裘衛盉〉，9456，西周中期）、
[字] （〈格伯簋〉，4264，西周中期），楚簡作 [字] （包 2.89），从又取耳，本義爲
戰獲割取敵人之耳（用以計功），後引申有獲取、獲得之義。《說文》入又部：「取，
捕取也。从又从耳。《周禮》：『獲者取左耳。』《司馬法》曰：『載獻馘。』馘者，
耳也。」〔註5〕《說文》稱引《周禮》、《司馬法》釋之以說从耳之意。甲文「取」
字之用與「得」相彷，所取之物種類繁多，有取牛、取羊、取豕、取馬、取芻
等，亦用於戰事，如《合集》1185：「貞呼師……取陘……」等。〔註6〕卜辭並
用作祭名，如「取且乙」、「取唐」等，讀作「樶」，與「樶」同義，爲積火燎之
祭。另有讀「取」作「娶」者，如「取（娶）女」等。〔註7〕金文「取」字多用指
取得、拿取、收取，如〈格伯簋〉：「格白（伯）取良馬乘于倗生」，偶用作「郰」，
指國名。作爲戰獲之「取」見於西周晚期的〈戎生編鐘〉及春秋早期〈晉姜鼎〉，
兩者皆爲晉器，所獲「取」者皆爲吉金：

例 1.

> 劫遣鹵（鹽）責（積），卑（俾）譖（潛）征鯀（繁）湯（陽），取氒吉金，用
> 乍（作）寶協鐘。（〈戎生編鐘〉，《新收》1616，西周晚期屬王時期，
> 晉）〔註8〕

〔註 5〕段玉裁注：《說文解字注》，頁 117。

〔註 6〕《殷墟甲骨刻辭類纂》（上），頁 235。

〔註 7〕《古文字譜系疏証》（二），頁 1053。

〔註 8〕時代國別參裘錫圭，〈戎生編鐘銘文考釋〉，《保利藏金》（廣州：嶺南美術出版社，
1999 年 9 月），頁 365～366。

〈戎生編鐘〉器主戎生之祖憲公係周王朝臣，其父昭伯「紹匹晉侯，用恭王命」，則已爲晉臣，不隸於周王室，戎生自當晉國家臣。〈戎生編鐘〉甫刊布，學者即指出與北宋時著錄的〈晉姜鼎〉關係密切，尤以「取乓吉金」前後句銘文一致性高而引起關注。戎生受賞賜鹽鹵及糧草委積，以之做爲征伐繁陽的飲食之備。繁陽爲古銅料重要產地，歷爲兵家必爭之地，一般認爲征繁陽以取金之戰是兩周時期常發生的軍事掠奪，如春秋早期的〈曾伯霥簠〉亦有「印燮緐湯，金道錫行」語，考證繁陽的歷史背景及鐘、鼎所載晉國世系，則不當將〈戎生編鐘〉與〈晉姜鼎〉視爲同一次戰役。〔註9〕

例 2.

> 劼遣我，〔註10〕易卤（鹽）賣（積）千兩（輛）。勿灋（廢）文侯覸（顯）令，卑（俾）貫徣（通）□，征繁湯（陽）、鼺，取乓吉金，用乍（作）寶尊鼎。（〈晉姜鼎〉，885，春秋早期，晉）

〈晉姜鼎〉作器者爲女性，晉姜是嫁給晉文的齊國姜姓女子，其自述因掌理晉國後宮有功，受夫君晉文侯賞賜卤積等物資，用以佐助夫君貫通□地、征伐繁陽和鼺地，以獲取青銅。此處所貫通之道，除了爲征繁陽及鼺地做準備，其向南發動軍事行動的主要目的，當是獲取南方盛產的金錫資源，故「取金」爲其積極的戰獲目的。

3.【奪】

古文字常以敓作奪，甲文未見。敓、奪金文兩形俱見，「奪」字出現較早，作🏺（〈奪作父丁壺〉，9593，西周早期）、🏺（〈奪作寶簋〉，3372，西周中期），從衣從雀從又，嚴隸作「奪」，取意與從又持佳之「隻」（獲）相近，季旭昇釋「雀在衣中，手奪之。被奪脫去也叫奪」，〔註11〕張世超則云「手入他人衣袿內

〔註 9〕 李學勤視爲同一次戰役，此說已爲裘錫圭、馬承源據證駁之。參李學勤，〈戎生編鐘論釋〉，《保利藏金》（廣州：嶺南美術出版社，1999 年 9 月），頁 375～378。裘錫圭，〈戎生編鐘銘文考釋〉，《保利藏金》，頁 365～374。馬承源，〈戎生鐘銘文的探討〉，《保利藏金》，頁 361～364。

〔註10〕 〈晉姜鼎〉之「劼」過去誤釋爲「嘉」，裘錫圭據〈戎生編鐘〉銘糾正。《說文》「劼」訓爲「慎」，《廣雅》訓「勤」，《廣韻》訓「用力」，《爾雅》訓「固也」，此處用法待考。

〔註11〕 參季旭昇：《說文新證》（上冊），頁 280。

強取雀則爲「奪」，「雀」者，喻小物也。」〔註12〕則「奪」之造字本義乃強調強取人所懷也。「奪」字西周晚期作🅰️（〈多友鼎〉，2835，西周晚期），衣領部分與「雀」上部筆劃相混連繫，而成从大从隹的「奪」形。「奪」入《說文》奞部：「奪，手持隹失之也，从又奞」，從小篆字形可知已誤「衣」爲「大」，並失落「雀」上之「丶」，故成「奪」形。許慎之解已非初誼，段注：「引伸爲凡失去物之偁。凡手中遺落物當作此字，今乃用脱爲之，而用奪爲爭敓字相承久。脱，消肉臞也，徒活切。鄭康成説《禮記》曰：『編簡爛脱。脱，音奪』」，〔註13〕亦強爲之解矣。從金文來看，「奪」字早見於西周早期，「敓」字則春秋始現。

金文作奪取義解之「奪」字共3見，其中屬軍事動詞用例者有2：

例1.

　　匍（復）奪京𠂤（師）之孚（俘）。（〈多友鼎〉，2835，西周晚期，屬王）

例2.

　　奪孚人四百。（〈敔簋〉，4323，西周晚期，屬王）

〈多友鼎〉銘載屬王時期一次玁狁集結來犯廣伐京師，武公乃命多友進擊追逐玁狁，多友驅敵有成，順利奪還被玁狁所俘的京師之人。「奪」在此做奪回義解。「復奪」爲一連動詞組，指奪還義。〈敔簋〉的「奪」字與〈多友鼎〉用法相同，敔因能驅逐來犯的南淮夷，奪還之前被俘虜的四百個周人而受功。〈多友鼎〉與〈敔簋〉的「俘」字皆爲被動用法。

另有〈𤴁盨〉（4469，西周晚期）：「勿吏（使）暴虐從獄，爰（援）奪𤴁行道。」屬冊命賞賜銘文，「奪」字乃取「劫奪」義，全句可譯爲「勿有劫奪而阻塞行道的事情發生」，是宣王對𤴁職事之誥命語，不屬軍事動詞用法。

4.【敓】（奪）

金文「敓」字作🅱️（〈屬羌鐘〉，161，戰國早期，晉）、🅲️（〈敓戟〉，11092，戰國早期），从兌从攴，似人以手持攴擊兌之形，或視「敓」爲形聲字。在釋形方面，从八从口从儿的「兌」形構不明，甲文「兌」字用義有二，一作校閱義

〔註12〕《金文形義通解》（上），頁890。

〔註13〕段玉裁注：《説文解字注》，頁145。

之「閱」，一作銳利之「銳」。「敓」字在戰國文字（金文、楚簡）裡習作「奪」用，如《上博四・曹沫之陣》簡 20：「母（毋）敓（奪）民利。」爲曹沫教導魯莊公不應奪取人民的利益，以使邦國團結和諧。「敓」入《說文》攴部：「敓，彊取也，周書曰：『敓攘矯虔』。从攴兌聲」。段注云：「此是爭敓正字，後人假奪爲敓，奪行而敓廢矣」。〔註14〕《廣韻》受段注影響，云：「敓，強取也，古奪字」。「敓」於十三經皆作「奪」，《汗簡》引《古論語》者亦作「奪」。根據段玉裁的說解，「敓」爲正字，「奪」爲假借字，後假借字通行，正字「敓」反而不用，然從金文來看，「奪」字出現的時間要早於「敓」，「奪」字形義俱明，反觀「敓」字則晚至東周時期才出現，兩字古音同爲定紐月部，以「敓」作「奪」當屬假借之用。「敓」作「奪」用僅行於春秋戰國時期，「奪」爲本字，東周時期擅假「敓」爲「奪」，尤以楚簡爲盛，然終未能取代「奪」字，段說誤矣。〔註15〕

金文以「敓」作「奪」用者見於〈鼂羌鐘〉（161，戰國早期，晉）：「嘉敓（奪）楚京，賞于韓宗。」「嘉」字从宀从譶，《說文・言部》：「譶，疾言也。从三言。讀若沓」。段注引《文選・吳都賦》「儼譶罦獥」注引《倉頡篇》：「譶，言不止也」加以說明。〔註16〕在古文字裡每見添宀之例，如親之作「窺」者，故「嘉」可視爲「譶」之繁形，在此訓作「急速」義，是修飾動詞「敓」的程度副詞。「嘉敓（奪）」指急速地奪取楚京。

5.【孚】（俘）

「孚」入《說文》三篇下爪部：「孚，卵即孚也。从爪子。一曰信也。稃，古文孚从禾，禾古文保（保），保亦聲。」段注：「《通俗文》：卵化曰孚，音方赴反。《廣雅》：『孚，生也』，謂子出於卵也。《方言》：『雞卵伏而未孚』，於此可得孚之解矣」。〔註17〕按許書以雞卵釋「孚」，段爲之強解，失之。于省吾曰：「收養戰爭中俘虜的男女以爲子，這就是孚的造字由來。至於鳥孚卵之孚係用借字，後世則以孵爲之」，其說可參。〔註18〕「孚」字甲文作𤓶（《合》903 正），

〔註14〕段玉裁注：《說文解字注》，頁 125。

〔註15〕「兌」字《說文》以後多解爲「說」、「悅」，拆解字形爲人以口舒氣，會說明、說釋與喜悅。「敓」字則每假借作「脫」，後人遂以「敓」古而「奪」新矣。

〔註16〕段玉裁注：《說文解字注》，頁 102。

〔註17〕段玉裁注：《說文解字注》，頁 114。

〔註18〕《甲骨文字釋林》，頁 301。

另有 🔣（《合》137 反）乃添彳作「㺇」，或云俘虜需要毆之以行，故從彳。
〔註19〕「孚」字金文作 🔣（〈過伯簋〉，3907，西周早期）、🔣（〈鼏簋〉，3907，西周早期）、🔣（〈𥫣鼎〉，2740，西周早期）、🔣（〈師袁簋〉，4313，西周晚期）、🔣（〈翏生盨〉，4459，西周晚期），皆用指「俘」義。戰國楚簡作 🔣（郭店·緇衣2）與金文同構。〔註20〕《說文》人部：「𠊪，軍所獲也。从人孚聲，《春秋傳》曰：『以爲俘馘』」。〔註21〕甲骨文之「孚」多作名詞，指祭祀人牲之俘，如《合集》903 正：「貞我用🔣孚」，🔣係方國名，「🔣孚」表俘獲🔣方的俘虜。
〔註22〕亦有作動詞俘獲義者，如《合集》137：「方征于🔣，孚（俘）人十又六人。五日戊申，方亦征，孚（俘）人十又六人」。「孚」原指以手俘虜人這一個動作，後指戰爭中俘虜對方之人，爲古漢語名動相因的特性。由於戰爭的俘獲物不僅只人，還有車馬、兵器、寶物等，金文皆以「孚＋某＋數詞＋量詞」作爲戰獲計數記錄，這是俘人義之引申。今之「俘」字係晚出字，添人以存本義，在金文中未見其踪。

金文用指俘獲義的「孚」每見軍事銘文中，常與「執」、「獲」等字一起出現在表述戰功的語句中，「孚」字置於「獲」、「執」之後。在金文的俘獲用語中，「孚」字是最常出現的一個，計15器24例，皆見於西周時期，不同時期的用例數爲：西周早期7器13例，西周中期2器2例，西周晚期6器9例，分述如下：

（1）西周早期
例1.

絲（鮀）侯獲巢，孚（俘）氒（厥）金胄，用乍（作）旅鼎。（〈絲侯鼎〉，2457，西周早期）

〔註19〕《甲骨文字釋林》，頁 300。甲骨文另有㕚字作 🔣（《合》702 正），象以手抑人使之跪跽狀，卜辭用作動詞，義爲俘獲。參劉釗，〈卜辭所見殷代的軍事活動〉，頁 127。

〔註20〕湯餘惠：《戰國文字編》（福州：福建人民出版社，2001 年），頁 175。

〔註21〕段玉裁注：《說文解字注》，頁 386。

〔註22〕《古文字譜系疏証》（一），頁 711 指此處之「孚」爲動詞用法，于省吾則指「用🔣方的俘虜以爲人牲」，視此處之「孚」爲名詞，參《甲骨文字釋林》，頁 299，以于說爲是。

例2.

　　告曰：王[令]盂曰□□伐盛(鬼)方□□□□□[執][嘼]三人，隻
(獲)馘(馘)四千八百□二馘，孚(俘)人萬三千八十一人，孚(俘)馬
□□匹，孚(俘)車卅兩(輌)，孚(俘)牛三百五十五牛，羊廿八羊。
盂或(又)□□□□□□孚(呼)~我征，執嘼一人，獲馘(馘)二百卅七
馘，孚(俘)人□□人，孚(俘)馬百四匹，孚(俘)車百□兩。(〈小盂
鼎〉，2839，西周早期，康王)

例3.

　　隹王伐東尸(夷)，溓公令寧眔史旂曰：『以師氏眔有嗣後或(國)戜伐
朕。寧孚(俘)貝，寧用乍(作)餗公寶尊鼎。(〈寧鼎〉，2740、41，西
周早期，昭王)

例4.

　　王令趞戲(捷)東反尸(夷)，寔肇從趞征，攻開(譎)無啻(敵)，省于
氒身，孚(俘)戈，用乍寶尊彝。子子孫孫其迷(永)寶。(〈寔鼎〉，2731，
西周早期，昭王)

例5.

　　唯三月，白懋父北征，唯還。呂行捷，孚(俘)馬，用乍寶尊彝。(〈呂
行壺〉，9689，西周早期，昭王)

例6.

　　過伯從王伐反荊，孚(俘)金，用乍宗室寶尊彝。(〈過伯簋〉，3907，
西周早期，昭王)

例7.

　　鼑從王伐荊，孚(俘)，用乍饎簋。(〈鼑簋〉，3732，西周早期，昭王)

西周早期的「孚」字除〈小盂鼎〉爲康王時器、〈絲侯鼎〉王系不明外，其餘5
例皆爲昭王時器，其中〈寧鼎〉、〈寔鼎〉所云史籍缺載的昭王東征事，其所俘
獲的貝、戈，具地緣特性。〈呂行壺〉載伯懋父北征，俘貝。〈過伯簋〉、〈鼑簋〉
載昭王南征，出戰之因爲楚荊反叛，故〈過伯簋〉之「俘金」爲戰果，而非戰
爭的目的。〈鼑簋〉所「孚」之物闕記，馬承源認爲「孚」下應有賓語金或貝，

而此處省略了。〔註23〕商艷濤認爲金文中俘獲物的理解不能過於偏狹，金文所見之金、貝、戈等不過是舉其犖犖大者，實際所得當不只於此，故此處「孚」的理解應以唐蘭所云「包括一切俘獲」爲是。這種用法與春秋時期〈吳王壽夢之子劍銘〉「初命伐□，[有]隻（獲）」之「獲」相同，泛指戰爭中的俘獲，其說可從。〔註24〕西周早期所「孚」之物種類繁多，有金、金胄、戈、車、人、馬、牛、羊、貝等，俘金、金胄、戈、貝者，未見數量之記。〈小盂鼎〉所俘之人數以萬計，馬、牛數以百計，可見戰爭規模之大。

（2）西周中期

例 8.

唯正五月，初吉丁亥，周伯褒及仲偯（催）父伐南淮尸（夷），孚（俘）金，用乍（作）寶鼎，其萬年，子子孫孫永寶用。（〈仲偯父鼎〉，2734，西周中期）

例 9.

員從史旗伐會（鄶），員先内（入）邑。員孚（俘）金，用乍旅彝。（〈員卣〉，5387，西周中期，穆王）

西周自穆王以降，淮夷漸盛，與周人屢相攻伐，西周王朝的用兵對象主要在南方江漢地區的淮夷。〈仲偯父鼎〉與〈員卣〉皆云俘金，以此吉金作鑄彝器。

（3）西周晚期

例 10.

唯十月，用嚴（玁）㺇（狁）放（方）興（興），實（廣）伐京自（師），告追于王。命武公遣乃元士羞追于京自（師），武公命多友衙（率）公車羞追于京自（師）。癸未，戎伐筍（郇），衣（卒）孚（俘）。多友西追，甲申之脣（晨），搏（搏）于郱，多友右（有）折首、執訊、凡吕（以）公車折首二百又□又五人，執訊廿又三人，孚（俘）戎車百乘一十又七乘，衣（卒）匐（復）筍（郇）人孚（俘）。或（又）搏（搏）于龏（共）。折首卅又六人，執訊二人，孚（俘）車十乘。從至，追搏（搏）于世，多友或（又）

〔註23〕馬承源：《中國青銅器銘文研究》（上海：上海古籍出版社，2002年），頁 83。

〔註24〕商艷濤，〈金文中的俘獲用語〉，頁 100。其引唐蘭之語見《史徵》，頁 272。

右（有）折首、執訊。乃遲追至于楊冢。公車折首百又十又五人，執
訊三人，唯孚（俘）車不克吕（以），衣（卒）焚，唯馬毆盡。匓（復）奪
京自（師）之孚（俘）。多友迺獻孚（俘）、戝、訊于公。武父迺獻于王。
（〈多友鼎〉，2835，西周晚期，屬王）

〈多友鼎〉「孚」字7見，其中前4例做動詞用，第五例「孚（俘）車不克已」
之「俘車」乃偏正式詞組，以「車」爲中心語，「孚」爲定語，屬修飾名詞「車」
的形容詞。後2例做名詞用，指被俘獲之物或人。鼎銘所載爲屬王時期玁狁來
犯事，玁狁初伐京師，後伐郇，與多友於郋、共、世、楊冢發生激戰。第一個
「孚」見於「戎伐郇，衣（卒）孚（俘）」，指玁狁伐郇邑，終俘虜郇邑百姓，
則此「俘」的施事主語爲「戎」。多友繼而西追玁狁，與之於郋地發生搏擊戰，
「孚（俘）戎車百乘一十又七乘，衣（卒）匓（復）筍（郇）人孚（俘）」，這是多友的戰
果，既俘有戎車117乘，又歸還被玁狁俘虜的郇人，「衣（卒）匓（復）筍（郇）人孚
（俘）」之「俘」可視爲被動用法，亦可視爲名詞。多友與玁狁於「共」發生第
三戰，俘戎車10乘；於「世」發生第四戰，未有俘獲物。第五戰於楊冢，再俘
戎車，唯所俘之戰車累計已有127乘，數量過大不能帶回，故加以焚毀。末二
例「孚」皆爲名詞，「匓（復）奪京自（師）之孚（俘）」與前句「衣（卒）匓（復）筍（郇）
人孚（俘）」句意相近。

例11.

王征南淮尸（夷），伐角、潏（津），伐桐、遹（遹），翏生（甥）從。執𤔲（訊）
折首，孚（俘）戎器，孚（俘）金。用乍旅盨，用對剌（烈）。翏生眔大
娟（娟）其百男百女千孫，其邁（萬）年眉壽永寶用。（〈翏生盨〉，4459
～61，西周晚期，屬王）

〈翏生盨〉爲周屬王時的伐南淮夷之戰，屬周之主動出擊。翏生俘獲戎器及戎
金，故以之作旅盨。

例12.

王若曰：「師袁！淮尸（夷）繇（舊）我員晦臣，今敢（薄）乍眔叚（暇），
反乍工吏，弗速（蹟）我東郒（國）。今余肇令女（汝）達（率）齊帀（師），
曩（紀）、嫠（萊）、右虎臣正（征）淮尸（夷），即質乍邦獸，曰冉、曰蔡、
曰鈴、曰達。」師袁虔不㥚（墜），夙夜卹乍牆（將）事，休既又工（有

功），折首𫔻𢾭（執訊），無諆徒馭（馭），毆孚(俘)士女羊牛，孚(俘)
吉金。（〈師寰簋〉，4313～14，西周晚期，宣王）

「毆孚(俘)士女羊牛」中「孚」字之前的「毆」《金文編》依《說文》驅下云：
「𩢛，古文驅从攴」而收於「驅」字之下，此說爲張政烺所駁，云金文之「毆」
當即《說文》攴部之「毆」，指「捶毄物」，本義爲鞭捶，引申有驅趕、驅策義。
〔註25〕「毆孚(俘)士女羊牛」爲一動賓結構，指驅趕俘虜的士女羊牛，「孚」字
爲「士女羊牛」之定語。下文「孚吉金」之「孚」則用爲動詞，指對淮夷之戰
中俘獲了吉金。

例 13.

女(汝)隹克井乃先且考，辟(闢)𪊨(玁)[狁](狁)，出戜(捷)于井阿，
于曆𪊨(巖)，女(汝)不畏戎。女(汝)□長父，以追搏戎，乃即宕(蕩)
伐于弓谷。女執訊獲馘、孚(俘)器、車馬。（〈四十二年逨鼎〉，《新
收》745-1，西周晚期，宣王）

例 14.

隹南尸(夷)𢆶，敢乍非良，廣伐南國，王令瘫(應)侯見工，曰：「政
(征)伐𢆶，我□令戠(撲)伐南尸(夷)𢆶。」我多孚(俘)戎。余用作
朕剌考武侯障鼎，用𥃩眉壽永令，子子孫孫其永寶用享。（〈應侯見
工鼎〉，《新收》1456，西周晚期，厲王）

例 15.

唯正月初吉丁亥，王若曰：「雁(應)侯見工，伐淮南尸(夷)𢆶，敢尃(搏)
氒(厥)眾𣄼(魯)，敢加興乍(作)戎，廣伐南國。」王命雁(應)侯正(征)
伐淮南尸(夷)𢆶。休，克。𣂪伐南尸(夷)，我孚(俘)戈。（〈應侯見
工簋〉，《首陽吉金》，頁 112，西周晚期，厲王）

例 13～15 三器一云「孚器」，一云「孚戎」，一云「孚戈」所指皆爲戎金，〈四
十二年逨鼎〉「孚器」後還有大段銘文，故無接作器語，應侯器「孚戎」、「孚戈」
後則逕接以之作鼎語。

〔註25〕張政烺〈庚壺釋文〉一文釋「毄」時所云。見《出土文獻研究》，復收入《金文文
　　　獻集成》第 29 冊，頁 486。

觀察西周金文「孚」字動詞用例，可得以下特點：

（1）大型戰爭中「獲」、「折」、「執」、「孚」四字並見者，先云獲馘折首數，次云執訊數，末載孚獲人牲貨物數。

（2）凡「孚」字一器多見者，每以「孚」字區別俘獲品類，依序爲人、馬、車、牛、羊、器、金。〔註26〕

（3）俘獲的物品中可與征伐地繫聯，每具地緣特色。

（4）「孚金」語後每順語脈而接「以作寶器」語，具因果章法。

6.【得】

「得」字甲文作𠭰（《合》66）、𠭰（《合》439）、𢔈（《合》18211），嚴隸作「𠭰」，從又持貝，會以手持貝有所得之意，並累加彳旁爲「得」，知尋、得本乃一字。。金文承襲甲文，作𢔈（〈亞得父癸卣〉，5094，商）、𢔈（〈狀馭簋〉，3976，西周早期），春秋時期有訛又爲攴者，如𢔈（〈余購逐兒鐘〉，184，春秋晚期）。到了東周時期貝字訛爲目，作𢔈（〈陳璋方壺〉，9703，戰國中期），楚簡作𢔈（包2.6）。「尋」《說文》入見部，云：「𢔈，取也。從見寸。寸度之，亦手也」，則小篆誤貝爲見，又加飾筆於「又」旁遂成從「寸」矣。〔註27〕「得」《說文》入彳部：「𢔈，行有所得也。從彳尋聲。𢔈，古文，省彳」。〔註28〕甲文所載之「得」物甚廣，常以「得某」形式稱之，如得子、得舟、得馬等，亦有「某得」語，如羭得、羌得等，由於文例甚短，疑「羌得」爲戰獲所得。〔註29〕金文之「得」多指人名，作動詞用時指「求得」、「尋得」義，如〈曶鼎〉：「求乃人，乃（如）弗得，女匡罰大」。作爲戰獲之「得」2見：1見於西周早期周昭王時的〈狀馭簋〉：「狀馭（馭）從王南征，伐楚荊，又（有）得，用乍父戊寶尊彝。」簋銘「有得」和上舉「有禽」、「有獲」語法及語義結構相同，則「得」在此與

〔註26〕楊寬在《西周史》中討論西周時代奴隸的來源時，嘗云：「西周在戰爭中很重視捕捉俘虜，所有西周文獻敘述到戰功時，沒有不談到"執訊"和"俘人"的，因爲西周重視戰俘，還有獻俘典禮。……這種制度到春秋時代也還沿用……他們所以會如此重視戰爭中捕捉虜，并有隆重的獻俘典禮，因爲這是他們的奴隸的主要來源。」（頁284～285），對應西周金文常見的「俘人」及「復奪戎俘人」語可證。

〔註27〕段玉裁注：《說文解字注》，頁412。

〔註28〕段玉裁注：《說文解字注》，頁77。

〔註29〕《殷墟甲骨刻辭類纂》（中），頁709。

「禽」、「獲」義項相同，「有得」當爲「伐楚荊」之結果補語。至於上述所論之「俘」、「禽」、「獲」、「得」諸字之末省略賓語，未有具體俘獲對象時，則應從唐蘭的理解，泛指戰爭中的所有俘獲；而銘文內容有載明俘獲物屬金、貝、戈等，乃爲舉其犖犖大者明示之，實際所得當不只於此。〔註30〕另一「得」字文例見西周晚期厲王時器〈伯ㄗ父簋〉：「伯ㄗ父從王伐，竆（親）執訊十夫、馘廿，得孚（俘）金五十匀（鈞）」。

7.【隻】（獲）

今「俘獲」之「獲」古作「隻」，甲文作 （《合》10237）、金文作 （〈戜簋〉，4322，西周晚期）、（〈楚王酓忑鼎〉，2794，戰國晚期），从又持隹，會以手獲鳥之意，爲「獲」之初文。「隻」入《說文》隹部：「隻，鳥一枚也。从又持隹。持一隹曰隻，二隹曰雙。」〔註31〕知許書所云之「隻」乃爲單位詞用法，是「隻」的後起義。「獲」入《說文》犬部：「獲，獵所獲也。从犬，蒦聲。」〔註32〕許書訓「獲」爲狩獵所得，這是典籍常見的「獲」字用法，典籍之「獲」亦常指戰爭所獲，如《禮記·檀弓》下：「不獲二毛」，鄭玄注：「獲謂系虜之」。「獲」之「獵獲」、「戰獲」兩種用法甲文俱見，卜辭之「隻」咸作「獲」，可用指擒獲禽獸，亦可用於擒獲敵方之俘虜。甲文另有 （隼）、（羴）、（羴）等字，本指一種擒獲手段，後用於戰爭記載中。殷商時期祭祀所用之犧牲絕大多數是通過戰爭獲取的，在殷代早、中期中戰俘作人牲使用，衹有極少數被保留下來成爲奴隸，到了殷代晚期，這種被保留下來淪爲奴隸的人才逐漸增多。有時軍事活動的目的就是爲了擒獲戰俘充任犧牲，故卜辭有許多關於擒獲敵方俘虜的記載。〔註33〕「隻」做爲狩獵所得之獲在商金文裡還看得到，見中國歷史博物館新收器〈作冊般黿〉：「丙申，王迖于洹，隻（獲）」。西周金文之「隻」除一例假爲「護」者外，其他的動詞用法皆指戰爭之俘獲。在用例數上見於13器15例，其中西周早期3器4例，西周中期1器1例，西周晚期3器3例，東周時期6器7例：

〔註30〕唐蘭：《史徵》，頁 272。商艷濤，〈金文中的俘獲用語〉，頁 100。

〔註31〕段玉裁注：《說文解字注》，頁 142。

〔註32〕段玉裁注：《說文解字注》，頁 480。

〔註33〕劉釗，〈卜辭所見殷代的軍事活動〉，頁 122～124。

（1）西周早期

例 1.

王令盂以□□伐鬼方，□□馘□，□[執]□[畧]（酋）三人，隻（獲）
馘四千八百又二馘……盂或（又）告曰：「□□□□，乎蔑我征，執畧
（酋）一人，隻（獲）馘二百卅七馘……（〈小盂鼎〉，2839，西周早期，
康王）

例 2.

絲（鮪）侯隻（獲）巢，俘厥金冑，用乍（作）旅鼎。（〈絲侯鼎〉，2457，
西周早期）

例 3.

隹十月初吉壬申，駿（馭）戎大出于櫨（楷），菁搏戎，執譈（訊）隻（獲）
馘。（〈菁簋〉，《新收》1891，西周早期）

（2）西周中期

例 4.

周伐長必，隻（獲）百人。（〈史密簋〉，《新收》646，西周中期，懿王）

（3）西周晚期

例 5.

休隻（獲）氒君駿（馭）方。（〈禹鼎〉，2833，西周晚期，厲王）

例 6.

辛酉，專（搏）戎，柞伯執訊二夫，隻（獲）馘十人。（〈柞伯鼎〉，《文
物》2006 年第五期，西周晚期，厲宣之際）

例 7.

女執訊隻（獲）馘、孚（俘）器、車馬。（〈四十二年逨鼎〉，《新收》745-1，
西周晚期，宣王）

西周金文之「獲」有云「獲馘（馘）」者，亦有「獲百人」、「獲氒君馭方」者，
從「執訊獲馘」與「執訊折首」對讀，可知「獲馘」與「折首」詞義相當，皆
指斬首獲敵人首級，則此「獲」當指死擒。而「獲百人」、「獲氒君馭方」據文
意有可能指生擒。關於銘文之「獲」係生擒或死擒，早期學者如唐蘭、陳夢家

《綜述》都以爲「獲」是獲死者，但從銘文「獲百人」、「獲孚君馭方」語來看，則亦包含有活捉的可能。黃天樹於〈甲骨文中有關獵首風俗的記載〉一文提及「"馘"前所用動詞有"獲"、"以"、"擒"，皆爲"生"擒」指出甲骨文之「獲」爲生擒，〔註34〕唯典籍中「獲」亦常指活擒，如《楚辭・哀時命》：「釋管晏而任臧獲兮」，王逸注曰：「獲，生禽者也」。《漢書・昭帝紀》：「斬虜獲生」，顏師古注：「俘取曰獲」，又玄應《一切經音義》「虜掠」條引《漢書》晉灼曰：「生得曰虜，斬首曰獲」，可無論生死皆可言獲，故《說文》段注：「獲，引伸爲凡得之稱」。〔註35〕「獲馘」與「折首」具指斬斷敵人首級之語，商艷濤認爲「西周早期、中期金文常言"獲馘"，晚期則常言"折首"」，〔註36〕參照上文「折」字用例分析，得西周早期1器1例，西周晚期8器21例。「獲」字則見於西周早期3器4例，西周中期1器1例，西周晚期3器3例，可知「折首」、「獲馘」兩文意相同的詞組字在兩周時期有明顯的使用差異，其別恰如商氏所言。

（4）東周時期

例8.

工獻大子姑發臂反自乍元用。才行之先，㠯（以）用㠯（以）隻（獲），莫敢鈙（御）余。余處江之陽，至于南，至于西行。（〈工獻大子姑發臂反劍〉，11718，春秋晚期，吳）

例9.

攻敔王姑發難壽夢之子歔匋郘，之（往）義（鄯）□。初命伐□，有隻（獲）。型（荊）伐邾，余斳（親）逆，攻之。敗三軍，隻（獲）[車]馬，攴（擊）七邦君。（〈攻吳王壽夢之子歔匋郘劍〉，《新收》1407，春秋晚期，吳）

例10.

大𤑔（將）錢孔、陳璋内（納）伐匽（燕）𦳝（勝）邦之隻（獲）。（〈陳璋方壺〉，9703，戰國中期，齊）

〔註34〕參黃天樹：《黃天樹古文字論集》（北京：學林出版社，2006年），頁419。

〔註35〕參商艷濤的整理分析。見〈金文中的俘獲用語〉，頁97～98。

〔註36〕商艷濤，〈金文中的俘獲用語〉，頁98。

例 11.

　　齊曼(將)鈛(鍋)孔、陳璋内(納)伐匽(燕)𠭯(勝)邦之隻(獲)，廿二，
　　重金絡襄(鑲)，受一𧴪(觳)五𢧜。(〈陳璋鑰〉，9975，戰國中期，齊)

例 12.

　　楚王酓(熊)忑(悍)戥(戰)隻(獲)兵銅。(〈楚王酓忑鼎〉，2794、95，
　　戰國晚期，楚)

例 13.

　　楚王酓(熊)忑(悍)戥(戰)隻(獲)兵銅。(〈楚王酓忑盤〉，10158，戰
　　國晚期，楚)

「獲」字到了東周時期，不再出現「獲馘」語，亦不見與「折首」、「執訊」詞組連用者。春秋時期之「獲」已從俘獲義引申泛指「戰勝」義，至於所獲之物則略疏於記載。戰國時期的征伐之所「獲」則每指戰獲兵銅，下文接以之作器語，與「孚金」一詞之謀篇相同。

8. 【秎】(獲)

新收器〈燕王職壺〉銘云：

　　唯郾(燕)王職，𨅰(踐)䇈(阼)羕(承)祀，乇(度)幾卅(三十)，東戠
　　(討)𢦏國。㝭(命)日任(壬)午，克邦墇(隳)城，滅𡆥(齊)之秎(獲)。

　　(《新收》1483，戰國晚期，燕)

銘文最後一個字摹作「秎」，與「殺」作𣏗(《說文》籀文)、𣏕(包 2.86)者筆劃相近，周亞隸作「殺」，訓作勝。[註37]董珊、陳劍認為𣏗確與「殺」字相像，唯目前可以眞正確認的「杀」字，左下半部分從來不寫作壺銘所示類似「巾」的形狀，析𣏗戈字左旁，其實就是「禾」字，並舉《汗簡》及《古文四聲韻》中的古文「穫」字作𥟵、𥟱証明壺銘之𣏗即「刈穫」之「穫」的表意字，此字可與甲骨文中表示刈草之「𠜶」(𠜶)參看，字當隸定作「秎」，本指刈穫，在壺銘裡釋為「獲」，指戰獲。按董、陳說釋合理，黃錫全原隸𣏗作「殺」，後從董文所釋，並舉包山楚簡 2.256 號的𥽥(筴)為例，指所從類同。

〔註37〕周亞，〈郾王職壺銘文初釋〉，《上海博物館集刊》第 8 期 (2000 年 12 月)，頁
　　149。

〔註 38〕壺銘「滅齊之獲」位於銘末，乃是誌器之語，表明該壺乃是燕王職滅齊之獲所得之器，該分句語法位置與語法功用與上文〈陳璋方壺〉、〈陳璋罐〉云「勝邦之獲」相同。

9.【執】

「執」甲文作🔣（《合》185），🔣（《合》28085），象刑具梏手之形，从㚔拘人，人形或跪或立，但雙手一定套在㚔（梏）中。金文作🔣（〈兮甲盤〉，10174，西周晚期），人形與㚔形分離，遂訛爲丮；或加卄作🔣（〈師袁簋〉，4313，西周晚期），隸作𦒽，爲「執」之繁形；或於人形下加足趾，趾後訛爲女形，寫作🔣（〈多友鼎〉，2835，西周晚期），隸作𫑘，此形爲戰國文字所承，後女形漸與丮脫離，作🔣（包 2.15 反）等。古文字另有从攴㚔聲之「𡊝」，多視爲執字或體。〔註 39〕

執《說文》入㚔部，云：「🔣，捕罪人也。从丮㚔，㚔亦聲」。〔註 40〕本爲拘執義的「執」在甲骨文中皆用作執獲之「執」，常見「弜執」、「以執」、「勿乎執」之語，施事主語恆爲有商。金文之「執」用法滋繁，除軍事「拘執」之用外，另有持拿、執掌、治理等用法，皆爲本義之引申。楚簡之「執」除本義之用外，亦常見「執事」一詞。金文作軍事俘獲語之「執」除西周早期〈小盂鼎〉接「酋」外，餘恆接賓語「訊」，其前每見「折首」、「獲馘」語，並僅出現於西周時期，尤以西周晚期爲最。「訊」甲文作🔣（《合》1824 反），象人反縛其手，以口訊問狀，金文作🔣（〈虢季子白盤〉，10173，西周晚期），增系。「執訊」一詞典籍常見，如《詩・小雅・出車》：「執訊獲醜，薄言還歸。」毛傳：「訊，辭也。」陳奐《詩毛氏傳疏》：「此釋訊爲辭者，謂所生得敵人，而聽斷其辭也。」故「訊」乃指於戰場上所擒獲供審訊之俘虜，「訊」字作名詞用，爲具特定身份的俘虜。〔註 41〕

〔註 38〕黃錫全，〈燕破齊史料的重要發現〉，《古文字研究》第 24 輯（2002 年 7 月），頁 251。

〔註 39〕季旭昇：《說文解字新證》（下），頁 123。《古文字譜系疏証》（四），頁 3862。

〔註 40〕段玉裁注：《說文解字注》，頁 501。

〔註 41〕戰爭銘文中的「訊」字有一規律性現象，即對內戰爭並無「執訊」的必要，凡言「執訊」者，都是對四夷的戰爭，訊的對象爲敵方的酋長首領或高階軍事人員，理應具有貴族的身份。參沈寶春師，〈談西周時代的華語教學——以《周禮》、《禮

金文之作拘執義之「執」凡15器24例：

（1）西周早期

例1.

> 王令盂以□□伐鬼方，□□馘□，□[執]□[酓](酋)三人，獲馘四
> 千八百又二馘……盂或(又)告曰：「□□□□，乎蔑我征，執酋(酋)
> 一人，獲馘二百卅七馘……（〈小盂鼎〉，2839，西周早期，康王）

「執酋」讀作「執酋」，指生擒鬼方之邦首，生執酋的目的在於訊問。〈小盂鼎〉
記載了器主盂的兩次戰功，第一次執酋三人，第二次執酋一人，所執之邦酋於
獻俘禮中接受大司馬榮伯的審訊，完畢後斬首示眾。

例2.

> 隹十月初吉壬申，駁(馭)戎大出于櫨(楷)，菁搏戎，執蜍(訊)隻(獲)
> 馘。（〈菁簋〉，《新收》1891，西周早期）

（2）西周中期

例3.

> 卑(俾)克氒音(敵)，隻(獲)馘百，執蜍(訊)二夫。（〈彧簋〉，4322，
> 西周中期，穆王）

（3）西周晚期

例4.

> 羍畀其井，師同從。折首執訊，孚(俘)車馬五乘、大車廿、羊百。（〈師
> 同鼎〉，2779，西周晚期，厲王前期）

例5.

> 多友西追，甲申之脣(晨)，搏(搏)于郱，多友右(有)折首執訊、凡
> 吕(以)公車折首二百又□又五人，執訊廿又三人，孚(俘)戎車百乘
> 一十又七乘，衣(卒)匈(復)筍(郇)人孚(俘)。或(又)搏(搏)于龔
> (共)。折首卅又六人，執訊二人，孚(俘)車十乘。從至，追搏(搏)

記》與西周金文互證〉，《2009年華語文與華文化教育國際研討會論文集》（新竹：
玄奘大學中國語文學系、應用外語學系、財團法人海華文教基金會，2009年12月
11～12日），頁119～128。

于世，多友或（又）右（有）折首執訊。乃遷追至于楊冢。公車折首百又十又五人，執訊三人。（〈多友鼎〉，2835，西周晚期，屬王）

例6.

長榜（榜）萩（載）首百，執訊卌（四十），奪俘人四百……武公入右（佑）敔，告禽（擒）馘百、執訊卌（四十）。（〈敔簋〉，4323，西周晚期，屬王）

例7.

王征南淮尸（夷），伐角、溝（津），伐桐、遹（僪），翏生（甥）從。執緐（訊）折首，孚（俘）戎器，孚（俘）金。（〈翏生盨〉，4459～61，西周晚期，屬王）

例8.

伯爯父从王伐，窺（親）執訊十夫、馘廿，得孚（俘）金五十匀（鈞）。（〈伯爯父簋〉，《首陽吉金》，頁86，西周晚期，屬王）

例9.

侯穌折首百又廿，執緐廿又三夫。……晉侯達卑亞旅小子或人先啟，入折首百，執緐十又一夫。……晉侯折首百又一十，執緐廿夫；大室小臣車僕折首百又五十，執緐六十夫。（〈晉侯穌鐘〉，《新收》872、874、878，西周晚期，屬王）

例10.

兮圊（甲）從王折首執緐，休亡啟（閔）王易兮圊（甲）馬四匹、駒車。（〈兮甲盤〉10174，西周晚期，宣王）

例11.

女（汝）多折首埶（執）緐。……女（汝）多禽，折首埶（執）緐。（〈不娶簋〉，4328器、29蓋，西周晚期，宣王）

例12.

折首埶（執）緐，無諆徒駿（馭），毆孚（俘）士女羊牛，孚（俘）吉金。（〈師寰簋〉，4313～14，西周晚期，宣王）

例 13.

女執訊獲馘、孚(俘)器、車馬。(〈四十二年逑鼎〉,《新收》745～1,
西周晚期,宣王)

例 14.

折首五百,執訊五十,是昌(以)先行。(〈虢季子白盤〉,10173,西
周晚期,宣王)

例 15.

辛酉,尃(搏)戎,柞伯執訊二夫,獲馘十人。(〈柞伯鼎〉,《文物》
2006 年第五期,西周晚期,屬宣之際)

西周晚期的 12 件器中,若無執訊數的記載,則每以「折首執訊」或「執訊獲馘」
語出現,若特別標注執訊數,則以「夫」或「人」爲「執訊」單位,一般而言,
執訊數少則二夫,多至 50 人。

10.【孚】(捋)

《金文編》收「孚」字作𤔲、𤔲、𤔲、𤔲、𤔲、𤔲形,另於「寽」字下收𤔲、
𤔲、𤔲、𤔲,云「挈乳爲鋝,戴震謂鋝爲六兩,大半兩三鋝而成二十兩」。金文
「孚」、「寽」兩字形近,故容庚於「孚」字下云:〔註42〕

> 與寽金文字形相同,皆像兩手取物,孚挈乳爲捋。《說文》:云「引
> 取也,《易》:『謙君子以裒多益寡』,《釋文》鄭荀、董蜀才作捋,云
> 取也。寽挈乳爲捋。《說文》云:「取易也,《詩·芣苢》:『薄言捋之』,
> 《傳》:『取也』。」捋、捋同从手,同訓取,故孚、寽爲一字,挈乳
> 爲俘。〈師寰簋〉:「毆俘士女牛羊」。

容庚雖云金文「寽」、「孚」一字,《金文編》仍依《說文》分卷而將金文諸字
分列於𤔲(孚)𤔲(寽)兩字條之下,這是從義項上來做區別的。其實這樣的說法
似是而非,從字形來看,金文「寽」字作𤔲、𤔲、𤔲、𤔲、𤔲、𤔲、𤔲,象以兩
手持物取義,兩手所持之物有貝之省文說、〔註43〕金塊說、〔註44〕玉璧說等。

〔註42〕《金文編》,頁 174。

〔註43〕陳仁濤,〈釋寽〉,《金匱論古初集》,參自《古文字詁林》(四),頁 357。

〔註44〕李孝定:《金文詁林讀後記》卷四,參自《古文字詁林》(四),頁 359。

〔註45〕該 "物" 所示筆劃後從圓點變為短橫，所會之意不變，唯此圓體必填實。初期雙手與圓點相連，確與從手持子的「孚」之🖐形同，其作雙手與圓點相離者，又與「孚」字作🖐形者相混，然綜觀「孚」字，則🖐、🖐、🖐、🖐、🖐所示從手持子形確矣，子頭虛實互作，為古文字慣例，所持之子頭手相離作🖐形者，當屬訛鑄。至於「寽」字，所持之物圓筆內必填實，而無留白例。再者，「寽」字之子頭必無演化成短橫之例，此乃造字取義有別之明證也。

在用法上，「寽」入《說文》卷四下受部：「寽，五指寽也，從受、一聲，讀若律。」段注：「用五指持物引取之曰寽。」〔註46〕曰持曰取，稱量之意味，躍然紙上，郭沫若以金文證之曰：「金文均作一手盛一物，別以一手抓之，乃象意字，說為五指捋，甚是。然非從受、一聲也，金文均用為金量之單位，即是後起之鋝字。」〔註47〕郭氏讀「五指寽」為「五指捋」，「捋」入《說文》手部：「捋，取易也，從手寽聲。」〔註48〕《說文通訓定聲》認為「寽」是「捋」的古文。《詩·芣苢》傳：「捋，取也」，則「寽」當為「捋」之初文，後以為重量之專名，即今行之「鋝」字。黃德馨說：「可能『寽』之重，初為一手所抓之物之重量，這在衡器產生以前是一種不確切的，但卻是簡便易行的衡量重量的方法，隨著衡器的逐漸產生，便成為一種計量單位。」〔註49〕「寽」在金文裡多用作數量單位，唯二的例外是〈彧簋〉與〈師同鼎〉，兩器之「寽」皆作「捋」用，訓作 "取"，有奪取義：

例1.

　　隹六月初吉乙酉，才𢆷白戎伐䰭，彧達（率）有嗣、師氏備（奔）追鄽（襲）
　　戎于𧓽林，博（搏）戎䵣（胡）。朕文母競敏𥨍行，休宕毕心，永襲（襲）
　　毕身，卑（俾）克毕啻（敵），隻（獲）馘百，執噣（訊）二夫，寽戎兵：
　　𡩋（盾）、矛、戈、弓、備（箙）、矢、裨、胄，凡百又卅又五款（款）；
　　寽（捋）戎孚人百又十又四人。（〈彧簋〉，4322，西周中期，穆王）

〔註45〕戴家祥：《金文大字典》（中），參引自《古文字詁林》（四），頁360。

〔註46〕段玉裁注：《說文解字注》，頁162～163。

〔註47〕《大系攷釋》，頁12。

〔註48〕段玉裁注：《說文解字注》，頁604。

〔註49〕黃德馨：《楚爰金研究》（北京：光明日報出版社，1991年），頁43。

〈刻簋〉「寽」字作𡬥，從上下文來看，則「寽」不當作量詞使用，而當讀作「捋」，〔註50〕本示「取」義的「捋」字在戰爭銘文裡，則有奪取義，與上文之「孚戎兵」及下文之「孚人」語法位置相對應，而所「捋」者爲「戎」，對照上文的「孚戎兵：䡅(盾)、矛、戈、弓、備(箙)、矢、裨、胄，凡百又卅又五款(款)」來看，「寽(捋)戎孚人百又十又四人」之「戎」非指兵器，而當視爲戎人，「戎孚人」不當斷讀，「寽戎孚人」指奪回被戎所俘虜的人，此句可呼應銘首「戎伐馭」所述戎來犯之語，且該「寽」字亦可與〈多友鼎〉：「復奪京師之孚(俘)」、〈敔簋〉：「奪孚(俘)人四百」之「奪」相印證。〔註51〕

例2.

> 𢦏畀其井，師同從。折首執訊，寽(捋)車馬五乘、大車廿、羊百，判(挈)用俈王，羞于𢍰(黽)；〔註52〕寽(捋)戎金胄卅、戎鼎廿、鋪五十、鐱(劍)廿，用鑄𢆶(茲)尊鼎，子子孫孫其永寶用。(〈師同鼎〉，2779，西周晚期，厲王前期)

〈師同鼎〉銘爲整篇銘文之後半部，所謂「𢦏畀其井」是將井給予什麼人，「師同从」後省略所从之人，該句當指師同追隨、跟從某人。在現存銘文裡這兩點皆未加說明，顯然應和已佚失的銘文前部照應。〔註53〕鼎銘「寽」字兩見，分示所奪取之不同貨物。第一個「寽」言奪取車馬、大車、羊。第二個「寽」言奪取戎人金胄、鼎、鋪與劍，這四種器物是師同用以鑄鼎的資材。故兩「寽」字之用既別貨物又表鑄資，其行文可謂謹嚴。

〈刻簋〉及〈師同鼎〉所捋皆爲伐戎所得，所伐之戎應該就是玁狁一類的

〔註50〕容庚云：「爭乳爲捋」。《金文編》，頁276。

〔註51〕商艷濤，〈金文中的俘獲用語〉，《語言科學》第6卷第5期（2007年9月），頁96。

〔註52〕「羊百，判(挈)用俈王，羞于𢍰(黽)」或斷作「羊百判(挈)，用俈王，羞于𢍰(黽)」，將「判(挈)」視作「羊」的量詞。唯視「判(挈)」作爲羊的量詞僅見於此，與〈小盂鼎〉：「羊百羊」的量詞用法不同，且不太符合銘文中提羊的數量結構時習慣不加「量詞」的習慣。此處暫從李學勤的說法，將「判(挈)」下讀，讀判(挈)爲割，意指把所俘取的羊殺了進獻爲王的膳食。參李學勤，〈師同鼎試探〉，《新出青銅器研究》，頁117。

〔註53〕李學勤，〈師同鼎試探〉，《新出青銅器研究》，頁115。

北方民族，從〈彧簋〉所捋的戎兵：睪（盾）、矛、戈、弓、備（箙）、矢、裨、胄，以及〈師同鼎〉所捋的金胄、戎鼎、鋪、劍等，可知北方少數民族已大量使用青銅器，並有披青銅胄作為防衛裝備的習慣。

11.【禽】（擒）

今之「擒」初文作「禽」，《說文》入内部，云：「禽，走獸總名，从厹象形，今聲。禽离兕頭相似」，〔註54〕實篆文字形去古已遠，許慎據之立說遂誤。「禽」字甲文作 （《甲》620）、 （《甲》2285）、 （《鐵》134.3），唐蘭隸作「畢」，象罨（罕）之象形，爲捕獸之網，引申爲擒獲之「禽」，後加「今」聲，即成金文字形： （〈禽簋〉，4041，西周早期），到了西周晚期，原字豎畫下增形成「内」，劉釗稱爲「内」式飾筆，如： （〈多友鼎〉，2835，西周晚期）、 （〈不嬰簋蓋〉，4329，西周晚期）。〔註55〕由於「禽」字後爲所獲物名，乃增手旁作「擒」以當本誼，「擒」字《說文》未見。

在用法上，唐蘭云卜辭常見擒獸及擒人文例，故云：「畢與隻爲一事之異稱，故卜辭得通用也」〔註56〕；唯根據姚孝遂的分析，卜辭之「畢」只限用於擒獲禽獸，它是一種通稱，而不是一種具體的狩獵方法與手段；而「 （畢）」字則是一種具體的擒獸方法與手段，其對象可以包含敵人，如卜辭「弗其畢土方」等語，故以爲唐氏之說有誤。〔註57〕金文之「禽」除作爲人名外，名詞用法可指被擒獲的俘虜者，如〈不嬰簋〉：「余來歸獻禽」。作動詞擒獲義者有三：

例1.

> 隹七月初吉丙申，晉侯令貿追于佣，休，又（有）禽（擒），侯釐貿虢胄、
> 毌、戈、弓、矢束、貝十朋。受兹休。用乍寶簋，其孫子子永用。（〈貿
> 鼎〉，《新收》1445，西周中期）

〈貿鼎〉爲西周中期罕見的晉器，晉侯命令貿「追于佣」，貿有所擒獲，故受晉侯賞賜。從「追」與「禽」字之用來看，此處之「追」當爲軍事追擊，戰爭

〔註54〕段玉裁注：《説文解字注》，頁746。

〔註55〕劉釗：《古文字構形學》（福州：福建人民出版社，2006年），頁23～24。

〔註56〕《甲骨文字詁林》（四），頁2818。

〔註57〕姚孝遂，〈甲骨刻辭狩獵考〉，《古文字研究》第6輯，參《甲骨文字詁林》（四），頁2827。又劉釗，〈卜辭所見殷代的軍事活動〉亦採此說，見頁123。

的結果爲「休」，故有「禽」，此處的「禽」指有所擒獲，「有禽」爲一連動結構。

例 2.

公竊(親)曰(謂)多友曰：「余肇事(使)女(汝)，休不噬(逆)，又(有)成事，多禽(擒)，女(汝)靜京自(師)。易女(汝)圭瓚一、湯(錫)鐘一嶒、鐈鑒百匀(鈞)。(〈多友鼎〉，2835，西周晚期，厲王)

〈多友鼎〉之「禽」未居文末，爲多友之上司武公蔑曆多友之語，文意與〈昌鼎〉相近。「多禽」指多所擒獲，「禽」字之前的「多」爲程度副詞作狀語，顯示「禽」的程度。

例 3.

白(伯)氏曰：「不娶，馭方、厰允(玁狁)廣伐西俞(隅)，王令我羞追于西，余來歸獻禽(擒)。……女(汝)多折首墊(執)嘫。……女(汝)多禽(擒)，折首墊(執)嘫。(〈不娶簋〉，4328 器、29 蓋，西周晚期，宣王)

〈不娶簋〉「禽」字兩見，一作爲動詞「獻」之賓語，指施事主語伯氏(秦仲)先行班返，上獻戰爭擒獲物，告捷於宗廟。第二個「禽」的主語爲不娶，伯氏稱揚不娶「多禽」的功績，語法結構與〈多友鼎〉相同。

12.【戩】(捷)

在上文「發動戰事類」的「从戈」偏旁項下收有「戩」(捷)字，本義爲攔截、載擊，後引申有捷獲義，以軍事捷勝爲主要義項，捷勝必有戰獲，因此「戩」字之後往往接續軍獲品項數量，其例有一：

庚戩(捷)其兵觥(甲)車馬，獻之于戩(莊)公之所。(〈庚壺〉，9733，春秋晚期，齊莊公)〔註58〕

〈庚壺〉中「戩」字之後接續所俘獲之物，次句云獻捷，可知此處的「戩」以「捷獲」爲主要義素，「攻克」爲附加義素。

本節以兩周金文軍事俘獲用語爲考察對象，聚焦於具動詞義的折、取、奪、

〔註58〕〈庚壺〉之戩張光遠讀作「載」，解爲載運之義，非也。張政烺以〈憲鼎〉及〈呂行壺〉銘証其誤。張政烺，〈庚壺釋文〉，《出土文獻研究》(1985 年)，復收入《金文文獻集成》第 29 冊，頁 486。

敓（奪）、孚（俘）、得、隻（獲）、秎（獲）、執、孚（捋）、禽（擒）、戠（捷）等 12
字進行討論。這些用語多見於西周時期，尤以戰爭頻繁的西周晚期爲最，受限
於時代環境的改變，東周金文中之俘獲字用例上相對減少，諸俘獲語之後的賓
語內容也有所不同，總語言特點可歸結如下：

（一）構字特色

折、取、孚（俘）、得、隻（獲）、執、禽（擒）等 7 字字形上承甲文，其中「得」
字金文增彳、「執」增廾，皆添形符以表意。另於「禽」字增聲「今」以表音。
在六書結構方面，除「敓」、「禽（擒）」屬形聲字外，其餘 10 例皆爲會意字，
而屬形聲字之「敓」應爲假借用法，本字「奪」爲會意字；「禽」之甲文初形亦
屬會意結構，故總體而言，金文俘獲用字皆以會意造字，所會之意與獲取、奪
取有關。

（二）語義與語用內容

諸動詞皆以「取得」爲主要義素，依個別用字的不同而有斷折、奪取、擒
獲等附加義素。在語用方面，以「孚（俘）」字使用最爲頻繁，所俘者遍及器物
人員及車馬，唯僅用於西周時期，尤以西周早期爲最，東周時期以「隻（獲）」
取代「孚（俘）」字之用，所俘獲者限於車馬兵銅，不見有俘人之例。

（三）語法特色

以「S＋V＋O」爲基本句型，共見 103 條文例。除少數東周器外，多數俘
獲行爲的發出者爲王臣，施事主語常承上省略，而其所俘獲的對象賓語則爲敵
方俘虜，「孚（俘）」字並有以敵方爲施事主語者，則此時被俘者爲周人。另奪
回義的「奪」字施事主語爲周軍，其對象賓語爲之前被敵方俘虜之周人。俘獲
類的不及物動詞爲「禽（擒）」。「得」、「隻（獲）」、「禽（擒）」三字構詞靈活，能
與「又（有）」結合形成連動詞組：「有得」、「有獲」、「有擒」等。至於動詞前狀
語成分，則有時間副詞「卒」、程度副詞「多」、「甚」；以及介詞「以」。

表一：金文俘獲用語之隸定、六書屬性、釋義及語法主張

俘獲動詞	六書分類（金文）	釋　義	語　法　特　色	賓語內容
折	會　意	折　斷	S＋V＋O	酋首
取	會　意	獲　取	S＋V＋O	吉金

俘獲動詞	六書分類(金文)	釋 義	語 法 特 色	賓語內容
奪	會 意	奪 回	S＋v1(復)v2(奪)＋O	被俘人
敓	形 聲	奪 取	S＋adv(㝬)v(敓)＋O	楚京
孚(俘)	會 意	俘 獲	S＋V＋O	人、車馬器物
得	會 意	獲 得	S＋v1(有)v2(得)＋O	(省略)
隻(獲)	會 意	獲 得	S＋介(以)v1(有)v2(獲)＋O	人、車馬器物
秨(穫)	會 意	獲 得	S＋V＋(O)	(省略)
執	會 意	拘 執	S＋V＋O	人員
孚(捋)	會 意	奪取、奪回	S＋V＋O	人、車馬器物
禽(擒)	形 聲	擒 獲	S＋adv(多)v1(有)v2(禽)	不及物動詞
戠(捷)	會 意	捷 獲	S＋V＋O	車馬器物

表二：俘獲字用例數

序號	例 字	釋 義	使用時代：用例數					備 註
			西 周			東 周		
			早	中	晚	春秋	戰國	
1	折	折斷	1		21			
2	取	獲取			1	1		皆為晉器
3	奪	奪回			2			
4	敓	奪取				1		晉器
5	孚(俘)	俘獲	13	2	8			
6	得	獲得		1				有得：v1v2
7	隻(獲)	獲得	4	1	3	3	4	
8	秨(獲)	獲得					1	滅齊之獲
9	執	拘執	2	1	9			
10	孚(捋)	奪取、奪回		1	2			
11	禽(擒)	擒獲		1	2			有禽：v1v2 多禽：adj＋v
12	戠（捷）	捷獲				1		

從上表可知，多數俘獲類動詞活躍於西周時期，與獻俘祭俘禮相關的「執」、「折」兩字多見於戰事頻繁的西周晚期，用字深具時代性。西周以後僅表獲取義的「取」、「奪」、「獲」三字較常被使用，尤以「獲」字的使用最爲頻繁，貫穿兩周時期。

二、勝　敗

周金中的「戰果」類動詞除「俘獲」項外，另有一系列動詞用指戰勝及戰敗。

（一）戰　勝

戰勝之詞計有（1）敗、（2）賢、（3）克、（4）又（有）、（5）戠、（6）上（攘）、（7）戠（捷）、（8）隙（卻）等 8 個，這些動詞之後的賓語皆爲戰勝或擊敗的對象，與「攻擊類」的「覆滅義」項下的用法相同，唯覆滅義的諸動詞所從義項皆源於具傷害性的動作本誼而來，從而於動作性特質上強調攻擊的結果，此處「戰勝義」下的諸動詞則動詞義略微，轉而強調克敵致勝這個結果。

1.【敗】

甲骨文「敗」字作 （《合》17318）、 （《合》2274 正），從貝從攴，貝亦聲，從鼎則爲古文字貝、鼎作偏旁時常混用故。金文作 （〈五年師旋簋〉，4216，西周晚期）、 （〈鄂君啓車節〉，12110，戰國中期），從二貝屬繁化。戰國文字作 （包 2.23），從二貝，上貝或省作 。《說文》：「敗，毀也。從攴貝。賊、敗皆從貝。 ，籀文敗從賏。」〔註 59〕以攴擊貝示毀壞、毀敗者爲「敗」之本誼，卜辭皆用此本義，或用於軍戰貞卜，如《合》17318：「亡敗」；或用於先祖示禍，如《合》2274 正：「父己不異敗王」等。金文之「敗」見 4 器 10 例，皆用於軍事描述，作名詞用時指失敗。作擊敗義解凡 2 器 2 例：

例 1.

> 攻敔王姑發難壽夢之子戲𢎥郘，之（往）義（鄝）□。初命伐□，有隻（獲）。型（荊）伐郘，余鐈（親）逆攻之。敗（敗）三軍，隻（獲）[車]馬，攴（擊）七邦君。（〈攻吳王壽夢之子戲𢎥郘劍〉，《新收》1407，春秋晚期，吳）

〔註 59〕段玉裁注：《說文解字注》，頁 126。

例 2.

　　大司馬邵(昭)鄲(陽)戝(敗)晉帀(師)於襄陵之戲,顕(夏)屍之月,乙
　　亥之日,王凥(處)於蔵郢之遊宮。(〈鄂君啓車節〉,12110～13,戰
　　國中期,楚)

二器之「敗」皆指擊敗義,〈攻吳王壽夢之子虡钧郘劍〉云「敗三軍」,指器主
虡钧郘擊敗楚三軍,〈鄂君啓車節〉「敗」字位於銘首紀事語,指楚大司馬昭陽
在襄陵擊敗晉師之年。

　　2.【賢】

　　「賢」字入《說文》貝部:「賢,多財也。从貝臤聲。」段注:「財各本作
才,今正。賢本多財之偁,引伸之凡多皆曰賢」。﹝註60﹞「賢」字甲文未見,《金
文編》收𦥔、𦥔(〈賢簋〉,4101,西周中期)、𦥔(〈中山王𢆷壺〉,9735,戰國
晚期)、𦥔(〈奻𦥔壺〉,9734,戰國晚期)四例,其中〈中山王𢆷壺〉賢字从子,
〈奻𦥔壺〉賢字从戶从貝省,爲中山器的特有寫法。「賢」字另見於〈杕氏壺〉
(9715,春秋晚期,燕),字作𦥔,「臣」上略有飾筆。「賢」字除作人名使用外,
於中山器中皆用本義,指有才幹者。作軍事動詞用者見〈杕氏壺〉,該壺爲燕器,
銘文內容具明顯北地色彩:

　　　杕氏福及,歲賢鮮于(虞),可(何)是金契(絜),盧(吾)台(以)爲弄
　　　壺。自頌旣好,多寡不訐。盧(吾)台(以)匽(宴)歙(飲),盰(于)我
　　　家室。弖(弋)獵母(毋)逡,算(算)在我車。

文中之「賢」非本義之用,郭沫若讀「賢」作「賷」,《說文》:「賷,會禮也」,
段注:「以財貨爲會合之禮也」,﹝註61﹞故指「歲賢當是歲時聘問之意……銘首
四語意謂杕氏歲時賷獻於鮮虞,得此金屬之瓶,故以爲弄器焉」。﹝註62﹞于省吾
舉「賢」字古有「勝」義,如《儀禮·鄉射禮》:「右賢于左,左賢于右」,注:
「賢,猶勝也」,故云:「歲賢鮮于言勝鮮于之歲,金文多以征伐紀年……唯巢
來夐,王命東宮追以六師之年,此例至多」證之。﹝註63﹞馬承源參照于省吾的

───────────────

﹝註60﹞段玉裁注:《說文解字注》,頁 282。

﹝註61﹞段玉裁注:《說文解字注》,頁 282。。

﹝註62﹞《大系攷釋》,頁 228。

﹝註63﹞于省吾:《雙劍誃吉金文選》(北京:中華書局,1998 年 9 月),頁 158。

讀法，舉證典籍中有「歲賢」一詞，見《淮南子・說山訓》：「聖人無止，無以歲賢，昔日愈昨也。」許慎《注》：「賢、俞猶勝。」故讀「歲賢鮮虞」就是這一年勝了鮮虞。〔註64〕按于、馬之說甚是。郭氏之說乃是從假借的角度讀「賢」作「賮」，兩字同為眞部，例可通假。唯讀壺銘「歲賮鮮于」，指杕氏因貢納於鮮于而得此金瓶，與吾人所熟悉的銘文語境明顯不合。于、馬訓「賢」有勝義，既符合「賢」字典籍常見的動詞用法，從本義訓讀通順，又合於銘文銘首以大事（戰事）記年的慣例，「杕氏福及，歲賢鮮于（虞），可（何）是金契（挈），盧（吾）台（以）為弄壺」乃器主杕氏福及自敘作器之由，與戰國時期戰獲物器而銘之的語境相仿。故壺銘「賢」字可訓作「勝」，「賢鮮虞」為標準的動賓詞組，「賢」字之後為所克勝的對象「鮮于」。

3.【克】

「克」字《說文》入克部，曰：「𠅞，肩也。象屋下刻木之形。凡克之屬皆从克。𠅣，古文克，𣂪，亦古文克」，段注引《爾雅・釋詁》云：「肩，克也」，《爾雅・釋言》云：「克，能也」等說明肩乃用以任事，故「克」訓肩而引伸有能義。至於在字形的解釋上，段云：「上象屋，下象刻木彖彖形，木堅而安居屋下契刻之，能事之意也」，按許書以「肩」訓「克」，頗存「克」字「能也」之義，唯析字形為屋下刻木之形，而有木堅安居之釋，則屬牽強。〔註65〕「克」字甲文作�（《合》21526）、𠆷（《合》114）、𠆧（《合》20508）諸形，金文作𠅣（〈利簋〉，4131，西周早期）、𠅦（〈曾伯霖簠〉，4631，春秋早期）、𠅧（〈陳侯因資敦〉，4649，戰國・齊）等，從字形演化上，上部之「由」之豎筆，在甲文已由虛填實，到了金文則變作「十」，春秋戰國時原本上下相連的形體譌為上下二體。至於「克」字字形之所由，說者頗眾，可歸於三類：

（1）从由从肩省

李孝定首釋「克」則象人躬身以兩大拊膝之形，其上所從者，乃象所肩之物，故字以肩為本誼，引申遂有任也、勝也、能也諸義。〔註66〕按甲骨文「由」字作𠙴、𠙵，確與「克」上部所從相同。李氏的拊膝說為趙誠繼之，而在字形

〔註64〕《銘文選》（四），頁564。

〔註65〕段玉裁注：《說文解字注》，頁323。

〔註66〕李孝定：《甲骨文字集釋》，頁2343，此轉引自《甲骨文字詁林》（一），頁728。

與語法上有進一步論證，其云：

> 從♪象人微曲身體以手拊膝有所承負之形，從凵或凵象肩上所負之
> 物，會肩有♪所負之意。本義當爲爲『肩任』、『擔負』、『承受』
> 之類的意義。甲骨文作助動詞，有『能』的意思，當爲本義之引
> 伸……甲骨文又用作動詞，有克敵致勝之義，則又是引伸義之引
> 伸。〔註67〕

（2）从冑从皮省

此說以朱芳圃爲代表，其云：

> 字上象冑形，下从皮省。當爲鎧之初文，亦即甲冑之甲之本字。《書·
> 費誓》：「善敹乃甲冑。」孔傳：「甲，鎧。」孔疏：「古之作甲用皮，
> 秦漢以來用鐵。鎧、鍪二字皆从金，蓋用鐵爲之，而因以作名也」。
> 《周禮·夏官》：「司甲」，鄭注：「甲，今之鎧也。」賈疏：「古用皮
> 謂之甲，今用金謂之鎧，从金爲字也」。凵象冑形，羅氏（筆者案：
> 羅振玉）已證明矣。皮，金文作♪，象手剝獸皮之形，省頭與手則
> 爲♪矣。字从皮省，以古代作甲用皮也。又古文作衆，結構亦同，凵
> 即凵之異形，《說文》裘部裘之古文作衆，裘爲皮衣，仐象附毛之
> 皮，是其證也。克爲戎服，用以自禦，故引伸有能義，《爾雅·釋言》：
> 「克，能也」，又有勝義，《爾雅·釋詁》：「克，勝也」。〔註68〕

季旭昇贊同朱芳圃的釋形，但認朱氏之從由從皮省爲何會有鎧甲的意思，卻沒
有說出令人信服的理由。〔註69〕

（3）从由从皮

張世超在融合（1）（2）之說，從聲訓的角度討論「克」乃從由從皮之可能，
其云：

> 字從由，從皮省，「由」、「皮」借筆共用凵形。古字「由」作凵若凵，

〔註67〕趙誠：《甲骨文簡明詞典》（北京：中華書局，1999年），頁363。《甲骨文字詁林》
「克」字文末的姚孝遂按語從此說，見《甲骨文字詁林》（一），頁729～730。另
《古文字譜系疏証》亦從此。參冊一，頁81～82。

〔註68〕朱芳圃：《殷周文字釋叢》卷中，頁75，參《甲骨文字詁林》（一），頁728。

〔註69〕季旭昇：《說文新證》（上），頁571。

其構字之意未明，惟其字族多有條義。《説文》：「柚，條也。」餘如「迪」、「紬」、「抽」皆是。「克」當爲「革」孳乳之詞，初誼爲革條之靭而多力，故引申有約義。《論語・顏淵》：「克己復禮爲仁」，馬《注》：「克己，約身」，皇《疏》：「猶約也。」又有勝、能之義，實即「力」之古字。〔註70〕

按（1）「從由從肩」之說，說形頗肖，據此則「克」以「肩任」、「擔負」、「承受」爲本義，引申有攻克（動詞）、能夠（助動詞）二種用法，唯將「由」字之下視爲從人拊膝之形，在釋形上並不是很象，似乎仍有討論空間。（2）的「從冑從皮」之說乃是以「克」字爲鎧甲本字，全字從冑以示功用，從皮以示材質，本指戎衣，因用之以自鞏，故引申有能、勝義，據此，則「克」字乃爲名詞活用爲動詞，其動詞義盛行後，名詞義遂湮沒。唯甲、金文用作名詞的「克」，咸用於人名，未見指戎衣者，故此說需要更多的論據來支持。（3）的「從由從皮」說則是從聲訓的角度談「克」之從「由」多有「條」義，所從之「皮」則原指皮革，故「克」字從皮由聲的形聲字，本義爲皮革之條，因其有力而引申有約束義，再引申有勝能之義。此說故能解釋典籍及金文中的「克」每用指「責求」者，但「克」字用指皮革者，不見於甲金文，且此說難以解釋「克」具攻克義之所從。綜上所述，可知「克」字的初形本義，還有待更多的資料來探究，不過就現有的「克」字所具克敵至勝義、責求義、能願義來看，則依據語法發展規律，「克」當是從克敵致勝義引申出責求義，最後再由實轉虛，產生能願義助動詞的用法。

「克」字的詞性有三，（1）名詞：甲金文俱見，如《合集》114：「……貞取克芻」，金文的〈克鎛〉、〈師克盨〉、〈伯克壺〉等器。（2）動詞：克敵致勝。如《人》260：「癸未卜，丙貞：克，亡禍。」《掇》2.164：「癸未卜，其克，戈周，四月。」等（金文用例詳後）。「克」作動詞用尚有責求義，典籍恆見，如《論語・顏淵》：「克己復禮爲仁」，范寧《注》：「克，責也」。又《易・蒙》：「子克家」，孔《疏》：「即是子孫能克荷家事，故云『子克家』也」。〈師旅鼎〉銘云：「白（伯）懋父迺罰得㠯古三百寽，今弗克氒罰。」等。（3）助動詞：能夠。如《合》7076（正）：「雀弗其克入」。在甲金文中，「克」字多做助動詞使用，

〔註70〕張世超：《金文形義通解》（中），頁 1768～1769 等。

皆置於動詞前，表示能夠實現某種動作行為，其中兩周金文的「克 V」詞組多達32 組 40 條文例，反應出「克」字在兩周時期已由實轉虛的語法變化情況。

周金中的「克」用指克敵致勝義，共 6 例：

例 1.

武（武）征商，隹（唯）甲子朝，歲鼎（貞、當），克，聞（昏）夙（夙）又（有）商。辛未，王才闌（管）自（師），易（賜）又（右）事（史）利金，用乍檀公寶尊彝。（〈利簋〉，4131，西周早期，成王）

例 2.

王後取克商，才（在）成自。周公易小臣單貝十朋，用乍寶尊彝。（〈小臣單觶〉6512，西周早期，成王）

例 3.

隹武王既克大邑商，則廷告于天，曰：「余其宅茲中或（國），自之辥（乂）民，烏虖（呼），爾有唯（雖）小子亡（無）戠（識），現（視）于公氏，有爵（勳）于天，叡（徹）令（命），敬享弐（哉）。」（〈何尊〉，6014，西周早期，成王）

例 4.

隹六月初吉乙酉，才盠自戎伐敔，或達（率）有嗣、師氏倂（奔）追鄄（襲）戎于賦林，博（搏）戎戠。朕文母競敏啟行，休宕厥心，永襲（襲）厥身，卑（俾）克厥啻（敵），隻（獲）戠百，執嘞（訊）二夫，孚戎兵：犖（盾）、矛、戈、弓、備（箙）、矢、裨、胄，凡百又卅又五款（款）；孚（捋）戎孚人百又十又四人。（〈敔簋〉，4322，西周中期，穆王）

例 5.

唯正月初吉丁亥，王若曰：「雁（應）侯見工，伐淮南尸（夷）半，敢尃（搏）厥（厥）眾圖（魯），敢加興乍（作）戎，廣伐南國。」王命雁（應）侯正（征）伐淮南尸（夷）半。休，克。戁伐南尸（夷），我孚（俘）戈。（〈應侯見工簋〉，《首陽吉金》，頁 112，西周晚期，厲王）

例 6.

唯郾（燕）王職，踔（踐）嗇（阼）莽（承）祀，乇（度）幾卅（三十），東嗀

（討）**战**國。**器**（命）日任（壬）午，克邦**辉**（毀）城，戓（滅）**齊**（齊）之秩

（獲）。（〈燕王職壺〉，《新收》1483，戰國晚期，燕）

前 3 例皆爲成王時器，所攻克的對象皆爲商，〈利簋〉爲武王伐紂的實際記
錄，《荀子·儒效》說：「武王之誅紂也，行之日以兵忌，東面而迎太歲」，此
說符合銘文所云武王伐商的曆日，該段銘文可譯爲「武王伐商，在甲子這天清
晨，武王戰勝與歲星相對相衝此一不利的天時，而於天剛剛放亮，日將出而夜
未盡之時占有了商國。〔註71〕「克」字在此有戰勝、制服義。〈小臣單觶〉：「王
後**取**克商」係指成王後次黜絕商國，所指爲成王平定三監之亂一事，商指受封
於殷舊地的武庚祿父遺支。〈何尊〉之「隹珷王既克大邑商」屬後驗之記事
語，故「克」字之前有一時間副詞「既」字修飾。西周中期的〈彧簋〉記伯雍
父彧伐來犯之淮戎，因其文母福祐故能戰勝敵人，執獲眾俘。晚期器例見〈應
侯見工簋〉：「王命雁（應）侯正（征）伐淮南尸（夷）丯。休，克。」「休克」兩字
或可連續，指戰事休止，戰果乃克敵致勝。上述五例中，屬「V 克」連動結構
有「**取**克」、「俾克」、「休克」3 個，「**取**」字或隸作反，唐蘭讀爲「返」指武王
返回或來到戰場，打勝了商邑，此說殊甚怪異；〔註72〕馬承源引《說文》土部：
「圣，汝穎之間謂致力於地曰圣，从又土，讀若兔鹿窟」，視**取**爲「圣」增厂
象沿傍崖土之意，字假爲黜，「黜殷」一詞又見於《尚書·大誥序》：「周公相成
王，將黜殷」，孔《傳》：「黜絕也」，本文從之。「俾克」之「俾」有使能義，屬
使役動詞。「克」在東周時期僅見於戰國時期的燕器〈燕王職壺〉，器主燕王職
就是燕昭王，壺銘載燕昭王即位，承奉祭祀，審度伐齊的時機，自踐阼登基開
始計算，至舉兵伐齊之年，前後共用了整整三十年時間，往東討伐齊國，於善
日壬午時，克邦毀城，銘文末句云「滅齊之秩（穫－獲）」，乃是幷記獲得此件銅

〔註71〕「歲」指歲星爲于省吾首發，徐中舒、李學勤、咸桂宴、張政烺、馬承源等從之。
　　　　歲字下文諸家理解不同，「鼎」字與「貞」互爲異體，舊釋作「當」，指正當其位，
　　　　故讀「歲鼎」乃指歲星正當其位，劉釗舉《廣雅疏誼》：「貞，當也」、《楚辭·離
　　　　騷》：「攝提于孟陬兮」，王逸《注》：「貞，正也」讀「歲鼎」爲「歲當」，即「與
　　　　歲星相對、與歲星衝」，此原爲兵家大忌，但武王以德服人，故能德勝於天，在
　　　　天時不利的情況下取得勝利。此爲「克」在這裡的用義。參劉釗，〈利簋銘文新解〉，
　　　　《古文字研究》第 26 輯（2006 年 11 月），頁 182～187。

〔註72〕唐蘭，《史徵》，頁 36。此說爲張亞初《引得》所從。

壺。〔註73〕「克邦」之「邦」指邦國，「克」字之用與「𢦏（墮）城」之「𢦏」
（墮）、「滅齊」之「滅」相呼應，所克滅之城即下文所指之「齊」。

4.【又】（有）

「又」字甲文作𠂇、金文作𠃌，本象手形，甲金用法滋繁，尤以金文為盛，
作名詞者指方位名詞「右」、祭名、族氏名等。又有用作連詞，用於數字間，典
籍作「有」。作動詞有二義，一為存在動詞，指有無之「有」；另則為軍事動詞
「佔有」義。金文後於「又」下增「肉」作𠂇、𠃌，從手持肉，以強調有無之
有。作為佔有、據有義的「又」、「有」字，金文各1見：

例1.

珷（武）征商，隹（唯）甲子朝，歲鼎（貞、當），克，聞（昏）𠭯（夙）
又（有）商。辛未，王才闌（管）𠂤（師），易（賜）又（右）事（史）利
金，用乍檀公寶尊彝。（〈利簋〉，4131，西周早期，成王）

〈利簋〉銘文多釋，劉釗之文具總結式理解意味，其中「聞（昏）𠭯（夙）又（有）
商」的「昏夙」乃歸結於陳世輝、湯餘惠所云「昏夙指剛剛放亮，日將出而夜
未盡之時」，〔註74〕符合史載武王克商的時間點，如《史記・周本紀》：「二月甲
子昧爽，武王朝至于商郊牧野，乃誓」，《史記集解》引孔安國曰：「癸亥夜陳，
甲子朝誓之」。故「昏夙有商」，乃指於日將出而夜未盡時佔有商朝。

例2.

虩虩（赫赫）成唐（湯），又（有）敢（嚴）才帝所，尃（溥）受天命，剉（剗）
伐夏司，彶厥囊（靈）師，伊少（小）臣唯楠（輔），咸有九州，處𡒦（禹）
之堵（土）。（〈叔夷鐘〉，276、283、285（鎛），春秋晚期，齊靈公）

作器者叔夷受賞後數典先舊高祖，其云成湯受天命剗伐夏的統治，擊滅凌暴的

〔註73〕根據〈燕王職壺〉銘文由利器鑿刻而成，且銘末「滅齊之獲」一語，董珊、陳劍
就古人在銅器上施以銘文的根本目的來考慮該器在歸燕之前屬齊。參董珊、陳劍，
〈郾王職壺銘文研究〉，《北京大學中國古文獻研究中心集刊》第3輯（2002年10
月），頁44～51。

〔註74〕劉釗，〈利簋銘文新解〉，《古文字研究》第26輯于省吾：《雙劍誃吉金文選》（北
京：中華書局，1998年9月），頁186，陳世輝、湯餘惠之論見於《古文字學概要》，
本文轉引自劉釗之文。

有夏軍隊，以伊尹為輔佐，佔有九州天下，居守於原夏禹的疆土。「有九州」的語法形式與〈利簋〉「有商」相同。

5.【戔】

學界早期將「戔」（从屮）、「𢦏」（从才）混同，从屮从戈的戔未見於《說文》，《說文》收有「𢦏」（𢦏）字入戈部下：「𢦏，傷也。从戈，才聲」，字形與戔無涉，唯前輩學者早年惑於許慎之說而讀戔為𢦏，有傷害、損傷之義。《金文編》於𢦏字下收有𢦏（𢦏）、戔（戔）兩種不同的字體，顯然視从才的𢦏，與从屮的戔為異體關係。然甲文𢦏字作𢦏，戔字作戔，从中與从屮形不相混，管燮初是第一個看出𢦏、戔是兩個完全不同的字。〔註75〕卜辭戔、𢦏用法不同，姚孝遂認為𢦏字和𡿧（災）相近，多用於田獵往來之辭，張政烺則指出戔字多接在「征」、「伐」、「辜」等征伐動詞之後，作為征伐行動的結果，表示征伐後的狀態。〔註76〕金文中的「𢦏」皆作語詞使用，可置於句末及句首；「戔」則除作動詞外，另用於國名、地名。然而「戔」的動詞形義該當如何說釋，卻是一個困擾古文字學家近一個世紀之久的難題。根據吳振武非正式統計，共有𢦏、蠢、屠、誅、勦、捷、芟、戩、搏、折、戒、截、𢦏等十餘種釋法，可謂眾說紛紜。〔註77〕

誠如陳劍先生所言，學界歷來對「戔」字的釋讀意見難以取得統一，很大程度上是因為「戔」類字形可以有多種解釋。吳振武贊同劉翔等人在《商周古

〔註75〕管燮初，〈說戔〉，《中國語文》1978 年第 3 期，頁 206。管氏於《殷虛甲骨刻辭的語法研究》中釋戔作「蠢」，有亂和擾動的意思，後於〈說戔〉認為戔从中得聲，是「捷」的古文，並引金文〈虡鼎〉的戩、魏三體石經《春秋》殘石鄭伯捷的「捷」古文作戩為証。

〔註76〕姚孝遂《小屯南地甲骨考釋》（未刊稿），此據劉釗〈卜辭所見殷代的軍事活動〉一文頁 128 所引。張政烺，〈釋戔〉，《古文字研究》第 6 輯（1981 年 11 月），頁 133～140。張氏云「中的形義倉猝不易確，按照《說文》的習慣假定為專省聲」，故疑「戩」（搏）為戔之繁體。

〔註77〕吳振武語，見〈「戔」字的形音義〉，臺灣師範大學國文系、中研院史語所編：《甲骨文發現一百周年學術研討會論文集》（1998 年 5 月 10 日～12 日）（臺北：文史哲出版社，1999 年），頁 287。又王宇信、宋鎮豪主編：《夏商周文明研究（四）‧紀念殷墟甲骨文發現一百周年國際學術研討會論文集》（北京：社會科學文獻出版社，2003 年 3 月），頁 139。

文字讀本》指其「象以戈斷人首」的說法，〔註78〕而在此之前，陳煒湛已疑🔣乃殺敵取首，縛之於戈以示得勝之徵，戈上之🔣與🔣（若）、🔣（妻）等所從相同，「疑象人頭髮形，以喻人首」。〔註79〕吳振武以此爲出發點，舉古代「五刑」中的割頭「殺刑」爲例，視🔣爲「殺」字的表意初文，並以金文「殺」字作🔣〈爾比盨〉（西晚）、🔣〈莒叔之仲子平鐘〉（春秋）、🔣〈庚壺〉（春秋）等，証之🔣當與🔣、🔣、🔣有關，🔣上的點筆，或是爲了描繪毛髮散落狀的「散」之象形初文，故「🔣無疑是一個會意字，但從🔣、🔣等字象人披頭散髮形看，我們又疑『🔣』字所從的🔣和『散』、『🔣』所從的🔣即讀作『散』，在構形中兼有表音之功能。上古『散』、『殺』都是心母字。『散』隸元部，『殺』隸月部，元、月二部有陽入對轉之關係，故『🔣』字從🔣，『散』、『🔣』等字從🔣，均有可能兼取其聲。『殺』古有散義，或亦與此有關」。〔註80〕

就字形上而言，吳氏之說通順適切，唯戈上之「🔣」吳氏視爲人首，陳劍則根據裘錫圭的看法，認爲本像枝莖柔弱的植物之形，就是是艸／草的象形初文，「屮」（艸、草）字本身就是由🔣省去下半的寫法🔣演變而來的，其造字的目的，在於跟上半作枝莖伸展之形的樹木的「木」（🔣）字相區別。「🔣」字從甲文到金文的演變過程中，其左右兩筆拉得較直而不再呈波浪形，變得跟「屮」形的左右兩筆相類似，遂變🔣爲屮，並舉〈癲鐘〉🔣字作「🔣」爲例，認爲是比較存古的寫法。如此一來，「🔣」字乃像以戈刈殺草木，並引《詩·甘棠》：「蔽芾甘棠，勿翦勿伐」爲證。至於從讀音方面，與精母元部的「翦」、「戩」，〔註81〕從母元部的「踐」、「殘」等聲母都很相近，韻部則係陰陽對轉，故而陳劍視「🔣」爲「翦」的表意初文，本義爲翦除、踐滅。〔註82〕

〔註78〕劉翔等著：《商周古文字讀本》（北京：語文出版社，1989年），頁48注14。

〔註79〕陳煒湛，〈甲骨文同義詞研究〉，原載《古文字學論集初編》（香港：香港中文大學，1983年），後收入《甲骨文論集》（上海：上海古籍出版社，2003年12月），頁35～58。本引文位於頁41。

〔註80〕吳振武，〈「🔣」字的形音義〉，頁293。

〔註81〕「翦」字傳世及出土文獻每與「踐」、「殘」、「戩」、「剗」、「淺」通用。

〔註82〕陳劍，〈甲骨金文「🔣」字補釋〉，原載《古文字研究》第25輯（2004年10月），復收入《甲骨金文考釋論集》，頁99～106。該文原視「🔣」爲樹木抽條形，後參酌裘錫圭的看法，於〈釋造〉一文中改視「🔣」爲枝莖柔弱植物之形。參同書，頁

　　按𡴏視爲人頭或草木枝條都有佐證，但以釋人頭較爲適切，因爲戈早見於甲文，且考古出土大量的商代以戈去首作爲人牲之例，可見以戈斷首乃商人慣例；再者，根據裘錫圭的看法，甲骨文中的𦭜（𨦷）、秄（秄）乃是表示用弓、𠂤、弓（丂）這種工具來刈禾，「丂」畫在禾的中間表示斷禾、刈禾之意，是刈禾之「刈」的專字。〔註83〕據此，則甲骨文當已出現以丂刈禾之專字，而戈在卜辭裡未見有作以戈伐草木之義者。此外，若戈「𢦏」之本字，據劉釗的考證，「𢦏」字的讀音乃從「辛」而來，而辛本爲鑿擊工具，與「戈」不同，在字形上如何由從辛從戈之字演變成從𡴏從戈的戈，並在漫長的兩周時期全然不見演化成「𢦏」字的蹤影，是令人難以理解的。

　　再來看戈字之用，吳振武舉《爾雅・釋詁》曰：「劉、殺，克也」，以及典籍中常見以「克」訓殺，證之戈在甲、金文中可有攻克之義。關於戈字在卜辭中的用法，陳煒湛有細緻的分析：

> 其在卜辭中多含傷害義，常用於征伐卜辭，似表征伐之結果，與征
> 伐義近而略異。……度其辭意，頗有征伐而獲勝之意。《菁》2，《續》
> 6.25.5 戈與征、伐共見一辭，其爲戰爭結果之記錄，尤爲明顯。亦
> 有軎和戈并用者……張政烺先生認爲「軎和戈是征伐過程中的兩個
> 步驟，軎是前奏，戈是結果」。張氏又說：「征伐都是大事，軎前有
> 時加一大字，說明問題也不小。戈字在卜辭中常單用……但是未見
> 先言戈而後言征伐軎者，蓋戈屬於戰爭的細節，行動比較具體，征
> 伐軎是前提，戈見成果」。所言極是。〔註84〕

劉釗補充道「戈指給征伐對象造成傷亡和損失而言」，可知「戈」字強調能征伐而獲勝，屬後驗的結果語詞，故卜辭裡常見「其戈？弗其戈？」的卜問，另外在卜辭裡有殷所「戈」之方國，如《合》7017「丙子卜，弜戈𢍰」；也有方國稱「戈」之例，如《合》6466：「□子卜，方戈尸」等。〔註85〕

127～176。

〔註83〕裘錫圭，〈釋"𦭜""秄"〉，《古文字論集》，頁35～36。

〔註84〕陳煒湛，〈甲骨文同義詞研究〉，原載《古文字學論集初編》（香港：香港中文大學，1983年），後收入《甲骨文論集》（上海：上海古籍出版社，2003年12月），頁35～58。本引文位於頁41。

〔註85〕劉釗，〈卜辭所見殷代的軍事活動〉，頁128。

從形、音、義來看，本文贊同吳振武的看法，釋「戕」爲殺，訓作攻克義。

金文的「戕」字共出現 3 次，用法和卜辭相同，用以說明戰爭的結果是能夠攻克。

例 1.

> 隹周公于征伐東尸（夷），豐白（伯）、專古（薄姑）咸戕。公歸虁于周廟。戊辰，酓秦酓，公賞曋貝百朋，用乍尊鼎。（〈曋方鼎〉，2739，西周早期，成王）

例 2.

> 雩武王既戕殷，散（微）史（使）剌（烈）且𢓊（乃）來見武王，武王則令周公舍圖（宇）于周卑（俾）處，甬叀（惠）乙且𨒅（弼）匹𢓫辟，遠猷𣎆（腹）心。（〈史牆盤〉，10175，西周中期，恭王）

例 3.

> 雩武王既戕殷，散（微）史（使）剌（烈）且來見武王，武王則令周公舍寏（宇）以五十頌處，今𤵺夙夕虔苟（敬）卹𢓫死事，肇乍龢鑢（林）鐘。
>
> （〈𤵺鐘〉，251，西周中期，懿孝）

〈曋方鼎〉云「咸戕」一語可與《尚書・君奭》：「後暨武王，誕將天威，咸劉厥敵」的「咸劉」（《爾雅・釋詁》：「劉、殺，克也。」）相參證。〈史牆盤〉與〈𤵺鐘〉爲微史家族器，「戕」字所在語句雷同，「既戕殷」可釋爲既克殷，與〈曋方鼎〉、《尚書・君奭》所載合拍。從語法的角度來看，卜辭多見「戕」字位於句末，單獨成句，其前或加否定副詞，表達不能攻克的遺憾，用法與〈曋方鼎〉的「咸戕」相同。卜辭「戕方」、「戕某」的用例較少，戕字之後的賓語爲攻伐的對象，如〈史牆盤〉、〈𤵺鐘〉的「戕殷」。

6.【上】（攘）

金文之「上」除指上下之「上」外，另有通假作「攘」，訓作退卻義者，1例：

> 隹王五月初吉丁未，子軛（犯）宥（佑）晉公左右，來復其邦。者（諸）楚勑（荊）不聖（聽）令于王所，子軛（犯）及晉公達（率）西之六𠂤（師）

搏伐楚剙（荊），孔休。大上楚剙（荊），喪㠯（厥）白（師），滅㠯（厥）

禹（渠）。（〈子犯編鐘〉，《新收》1009、1021，春秋中期，晉）

鐘銘之「上」或釋作「工」，與上銘「孔休」連讀作「孔休大工」，指子犯及晉
公率西之六師搏伐楚荊之大功。〔註86〕然鐘銘「上」作⊥，釋作「上」當無疑
問。該「上」字李學勤引《周禮・周語》注：「上，陵也」而釋爲「壓倒了楚人」，
〔註87〕裘錫圭從此說，云「上、尚二字古通」，並引《論語・里仁》：「好仁者，
無以尚之」皇侃《義疏》：「尚，猶加勝也」證之。〔註88〕二說皆不若蔡哲茂讀
「上」爲「攘」來得好。〔註89〕蔡文舉「上」字古音禪母陽部，「攘」字爲日母
陽部，音近可通，文獻裡亦常見「襄」讀作「上」者，而文獻亦有「大攘」一
詞，如《國語・魯語下》：「大攘諸夏」，《注》：「攘，卻也」、《公羊傳・僖公四
年》：「攘夷狄」、《史記・秦始皇本紀》：「外攘外夷」等。按「攘」字入《說文》
手部：「𢬜，推也。从手襄聲」，段注：「推手使前也，古推讓字如此。作上……
凡退讓用此字，引申之使人退讓亦用此字，如攘寇、攘夷狄是也」。〔註90〕故此
處「大上楚荊」讀作「大攘楚荊」，於音義及典籍用例皆可徵，亦合於銘意，係
指城濮一戰，使逐漸向北推進的楚國往南退卻，且予以重創。「上」在讀作「攘」
訓作「卻」其前受「大」字修飾，「大」在此可視爲由形容詞轉來的程度副詞，
位於「上」字之前表示行爲程度遠超過一般情況或某種標準。〔註91〕

7.【戠】（捷）

在第四章「發動戰事類」第四節攻擊項下「从戈」之第5字例有「戠」（捷）
字，本義爲攔截、截擊，後引申有捷勝義，其例有1：

〔註86〕黃錫全，〈新出晉「搏伐楚荊」編鐘銘文述考〉，《長江文化論集》（湖北：湖北教育出版社，1995年），頁236～333。

〔註87〕李學勤，〈補論子范編鐘〉《中國文物報》1995年5月28日。李學勤，〈子范編鐘續談〉，《中國文物報》1996年1月7日。

〔註88〕裘錫圭，〈也談子犯編鐘〉，《故宮文物月刊》第13卷第5期（1995年8月），頁113。

〔註89〕蔡哲茂，〈再論子犯編鐘〉，《故宮文物月刊》第13卷第6期（1995年9月），頁132。

〔註90〕段玉裁注：《說文解字注》，頁601。

〔註91〕楊伯峻、何樂士：《古漢語語法及其發展》修訂本（上），頁272～274。

唯三月，白(伯)懋父北征，唯還。呂行𢦏(捷)，孚𠂤(貝)。用乍寶尊彝。(〈呂行壺〉，9689，西周早期，昭王)

〈呂行壺〉與中「𢦏」字下云「孚貝」，故此處的「𢦏」以「捷勝」爲主要義素，「攻克」爲附加義素。

8.【虩】(郤)

「虩」字入《說文》虎部：「虩，《易》：『履虎尾虩虩』，虩虩，恐懼也。一曰蠅虎也。从虎㡭聲。」〔註92〕「虩」字始見於西周晚期的〈毛公鼎〉(2841)，字作虩，其次多見於春秋早期秦器，如〈秦公簋〉(4315)作虩、〈秦公鎛〉(267～269)作虩等，均用作本義，皆指小心儆懼貌。如〈毛公鼎〉：「虩許上下若否」、〈秦公鐘〉：「以虩事䜌(蠻)方」等。春秋晚期齊器〈叔夷鎛〉(285)省虩作虩，云「虩虩成唐(湯)」，「虩」與「赫」同屬曉紐鐸部，《詩・小雅・出車》：「赫赫南仲」用與鎛銘相同，故此處的虩讀作「赫」，指顯盛的成湯。〔註93〕作軍事動詞之用的「虩」1例：

余咸畜胤(俊)士，乍馮(凴)左右，保辪(嬖)王國。刜票(暴)𢦏(胡)優(迮)，□攻虩者(都)。否(丕)乍元女☐媵(媵)𦤅四酉，□□□□，虔龏盟[祀]，[以]倉(答)[揚]皇卿，𤔲(固)親百嗣(職)。(〈晉公盆〉，10342，春秋晚期，晉平公)

「□攻虩者(都)」之「攻」前一字殘泐不識，「虩都」之「虩」在此疑假借做「郤」，按「虩」古音曉紐鐸部，「郤」古音溪紐鐸部，韻部相同，例可通假。〔註94〕郤者退也，據此，「攻虩」有「攻退」義。晉國攻退之「都」當指前句所云「暴迮」之國屬也。

(二)戰　敗

周金以示敗戰之字有 3：出、奔、敗，出、奔兩字義項相近，皆指敗敵逃竄奔走，並結合成「出奔」詞組，以戰敗之敵爲主語，「出奔」詞組後未接賓語，

〔註92〕段玉裁注：《說文解字注》，頁213。「恐懼也」上「虩虩」二字爲段氏所補。

〔註93〕《銘文選》(四)，頁542。

〔註94〕王輝：《古文字通假字典》，頁274、291。另「隙」、「虩」聲符同爲「㡭」，而典籍每見「郤」(郤的俗體)、「隙」互作例，亦可補證。參高亨：《古字通假會典》(山東：齊魯書社，1997年7月)，頁872～873。

故竄逃地不詳，器例僅見於新收器〈晉侯穌鐘〉。

1.【出】

金文「出」字有外出、出動、取出、支出繳納、發出發佈等義。在軍事用法上，屬發動戰事者，其施事主語亦有我軍與敵軍之別，我軍之「出」，係指出軍，敵方之「出」，則屬來犯。這裡要談的是「出」作爲軍事動詞義的第三種用法"戰敗出奔"，例見〈晉侯穌鐘〉（《新收》873-875，西周晚期，屬王）：「晉侯達乒亞旅小子或人先訐，入折首百執蝂十又一夫，王至，淖淖列列，尸（夷）出奔。王令晉侯穌達（率）大室小臣、車僕從，述（遂）逐之。」晉侯率軍攻入宿夷所在的氳城，宿夷戰敗而出奔，周厲王隨後來到，視察戰績，「淖淖列列」是形容周王之師到達鄆城時軍容威武貌。〔註95〕敗夷竄逃，王遂令晉侯追逐之。「出奔」爲一同義複詞的連動詞組，「奔」字在此指戰敗逃竄，「出奔」的主語爲戰敗的宿夷。

2.【奔】

屬軍事用法的「奔」字見於〈彧簋〉與〈晉侯穌鐘〉，〈彧簋〉（4322，西周中期，穆王）云：「彧達（率）有嗣、師氏迸（奔）追，甹（襲）戎于臧（域）林，博（搏）戎歁（胡）。」此處的「奔」有急馳義，屬急行軍，本文歸於先備工作類「行軍」項下。〈晉侯穌鐘〉之「奔」字則用指戰敗出奔：〈晉侯穌鐘〉（新收 873～875，西周晚期，屬王）：「晉侯達乒亞旅小子或人先訐，入折首百執蝂十又一夫，王至，淖淖列列，尸（夷）出奔。」說釋見「出」。

3.【敗】

金文之「敗」除指擊敗義外，亦有用指戰敗義者，見〈冉鉦鍼〉（428，戰國早期）：

> 隹（唯）正月□□丁亥，□□之子[余冉]，[擇厥]吉金，[用自]乍
> （作）鉦鍼。台（以）□台（以）船，其☒川，其☒，其☒盂舍，
> 以陰以[陽]，余台（以）行☒師，余台（以）政旬（台）徒，余台（以）
> 乙鄅，余台（以）伐郐（徐），羑子孫余冉，鑄此鉦鍼，女（汝）勿
> 喪勿敗，余處此南疆，萬葉（世）之外，子子孫孫，永堋乍（作）

〔註95〕陳美蘭，〈金文札記二則──「追甹」、「淖淖列列」〉，《中國文字》（新 24 期），頁 61～70。

台（以）□□。〔註96〕

〈冉鉦鋮〉銘多銹蝕，然從器自銘爲軍樂器「鉦鋮」，並有「以伐邠」、「勿喪勿敗」等語，可知銘文屬性。「女（汝）勿喪勿敗」爲作器者余冉自勉語，「喪」、「敗」並用，則結合上文「余台（以）行☒師」來看，知「喪」者乃指「喪師」，「敗」者乃指「敗師」也。

《左傳·襄公十九年》記載臧武仲之言曰：「作彝者，銘其功烈」。《禮記·經解》云：「夫鼎有銘，銘者，自名也。自名以稱揚其先祖之美，而明著之後世也。」〔註97〕故爾銘文鑄記乃以「銘其功烈以示子孫」爲作器動因，以「照明德而徵無禮也」爲核心思想，這是銘文嘉功崇德的史觀立場，也無怪乎戰果類中的戰敗項下僅見兩戰敗例的實際記錄。這些用指戰爭勝敗的「勝敗」類動詞所在銘文篇幅較小，字句簡短，常以「時間副詞＋V」及「範圍副詞＋V」的短語來描述戰況，如「既克」、「既戈」等，爲戰事成敗之簡述。

第二節　班返類

西周王朝對出征禮制有一定的規定。《禮記·王制》曰：「天子將出征，類乎上帝，宜乎社，造於禰，禡於所征之地，受命於祖，受成於學。出征執有罪，反，釋奠於學，以訊馘告。」疏云：「類者，以事類告天……受命祖禰，皆告以祖爲尊，故特言祖。……出征執有罪者，謂出師征伐執此有罪之人，還反而歸，……以可言問之訊，截左耳之馘告先聖先師也」。〔註98〕其中「類」、「禡」等皆爲師祭。〔註99〕「社」爲國家重要祭禮。「乃立冢土，戎丑攸行。起大事，動大眾，必先有事乎社而後出，謂之宜」。所謂「大事」，即指軍事行動，如《詩經·緜》《正義》引孫炎曰：「大事，兵也。有事，祭也。知兵爲大事者，《左氏·成十三年傳》云：『國之大事，在祀與戎。』是也」故知古時君王出征需先行「類」

〔註96〕張亞初：《引得》，頁 19。

〔註97〕此點蒙汪中文老師於論文初審時提醒，特此誌謝。

〔註98〕漢·鄭玄注、唐·賈公彥疏：《禮記正義》（臺北：藝文印書館，1997 年初版 13 刷，《十三經注疏》第 5 冊），頁 236。

〔註99〕所祭祀者爲黃帝、蚩尤。如《史記·高祖本紀》記其初起時：「立季爲沛公，祠黃帝、祭蚩尤于沛庭而釁鼓旗。」參楊寬：《西周史》，頁 827。

祭，《說文》：「禷，以事類告也。」此種祭典與四時常設祭典不同，而是爲臨時之大事舉行的告天祭禮。《爾雅・釋天》：云「必先有事乎社而後出，謂之宜」，即《禮記・王制》所說的「宜乎社」，此處之「社」爲國家正壇之宗廟，內置社主，恭奉社神，君王出征常載廟主與社主以行，戰爭結束後，獎賞戰勝者於廟主之前，殺死戰敗者於社主之前，故《墨子・明鬼下》云：「故聖王其賞也必于祖，其僇（戮）也必于社」。《逸周書・世俘解》載武王載社主出征伐商，於牧野得勝後，在當地舉行殺人獻祭的告捷禮，並在殷郊舉行大規模的狩獵（大蒐禮），回到宗周，又在宗廟裡舉行隆重的殺人獻俘的凱旋典禮，這些都是當時慶祝大勝利的必要儀式，〔註100〕凡此種種軍祭內容，皆爲商周以來祖先崇拜和宗法制度在軍事活動中的集中體現。

在上文提及的軍事銘文中，常見出征後班返的描述，領兵的將帥或先歸而獻禽（如〈不孁簋〉），或於戰役全然結束後班師回朝，歸而振旅，於宗廟行「飲至」之禮，論功行賞（周金銘文所屬此類）。本節討論軍隊班返時的相關動詞，至於告廟活動中屬觀見及進獻行爲的相關動詞，由於屬軍事行爲結束後的祭典活動，與軍事活動相距較遠，故不列入討論。

班返類動詞計有1班、2歸、3反（返）、4還、5復、6整，茲分述如下：

1.【班】

「班」字《說文》入玉部，云：「班，分瑞玉。从珏刀」，〔註101〕甲文未見，金文作班（〈班簋〉，4341，西周早期）、珏（〈弭叔盨〉，4385，西周晚期）、班（〈邾公孫班鎛〉，140，春秋晚期），從金文字形來看，字象以刀分玉之形，在金文裡多作人名使用，唯一疑似作動詞班返義者，見〈敔簋〉：

> 隹王十月，王才成周。南淮尸（夷）遷殳。內伐涇、鼎、參泉、裕敏、滄（陰）陽洛。王令敔追𨖀（襲）于上洛、悆谷，至于伊。班。長榜（榜）戠（載）首百，執訊卌，襄（奪）孚人四百，𣃔于榮（榮）白之所，于悆衣肄，復付氒君。（〈敔簋〉，4323，西周晚期，屬王）

〈敔簋〉「班」字作珏，兩珏之間與金文「班」字所從之刀略異，不過由於〈敔簋〉僅存摹本，疑爲摹描失眞所致，該字歷來皆隸作「班」，唯「至于伊班長

〔註100〕楊寬：《西周史》，頁486。

〔註101〕段玉裁注：《說文解字注》，頁19。

榜（榜）戴（載）首百」一句斷讀不一，郭沫若釋「伊」爲地名，「班」爲動詞，係指班師，「長榜（榜）戴（載）首百」可參《逸周書・克殷解》：「懸諸太白」、「懸諸小白」，〔註102〕爲周人戰獲敵首將之以懸於軍旗以示威勝之習，故銘當斷爲「至于伊。班。長榜（榜）戴（載）首百」，此說爲多數學者所從。〔註103〕徐中舒則視伊班、長榜爲兩個地名，讀「戴首百」爲「折首百」。〔註104〕按諸家考釋「伊」爲文獻所見的伊水，至於視爲地名的「班」、「長榜」徐中舒認爲是位於伊水上游的地名，確切地望不可考。參諸兩說，則郭氏「班」字之說符合「班」字在先秦常見的「班師」用法，「班」訓作返、還。「長榜載首」之例亦有典籍可徵，較諸「地名」說來得可驗，故本文暫從「班師」說。

2.【歸】

「歸」字古作「歸」，甲文作𦥔（《合》5193 正），金文作𠂤帚（〈小臣謎簋〉，4238，西周早期）、𦥔（〈毓且丁卣〉，5396，商晚），从帚，𠂤聲。「歸」字从止从帚𠂤聲，金文作𨑩（〈應侯見工鐘〉，107，西周中期），从止表示行動。「歸」字異體甚多，有从彳从歸者，嚴隸作䢜，如𨑩（〈𦱤簋〉，4195，西周中期）；亦有从辵从歸者，隸作邍，如𨑩（〈不娶簋蓋〉，4329，西周晚期）、𨑩（〈不娶簋〉，4328，西周晚期）；另有从又从歸者，隸作𤔲，如𨑩（〈貉子卣〉，5409，西周早期）等。「歸」字《說文》入止部：「歸，女嫁也。从止，从婦省，𠂤聲。嫦，籀文省。」〔註105〕乃是以婦嫁歸寧訓字。許書云「歸」字从「婦」，以甲文「帚」爲「婦」字初文來看，則許書「从婦」之言甚合初意，「歸」可視爲从止、从婦、𠂤聲。《廣雅・釋言》：「歸，返也。」甲骨文之「歸」不作女嫁用，除作名詞外，餘例皆指歸還義。金文之「歸」除作名詞及假借爲「饋」外，亦皆作復返解。「歸」在先秦早期傳世文獻如《尚書》、《詩經》之〈雅〉、〈頌〉中亦大體解作「歸還」，〔註106〕如《詩・小雅・出車》：「執訊獲醜，薄言還歸。赫赫南仲，玁狁于夷。」解作女嫁者見於較晚的〈國風〉。季旭昇疑甲骨文「歸」字从

〔註102〕郭沫若：《大系攷釋》，頁 110。

〔註103〕陳夢家：《西周銅器斷代》（上），頁 230。陳連慶，〈敔簋銘文淺釋〉，《古文字研究》第 9 輯（1984 年）。馬承源：《銘文選》（三），頁 286～287。

〔註104〕徐中舒：《先秦史論稿》（成都：巴蜀書社，1992 年），頁 169。

〔註105〕段玉裁注：《說文解字注》，頁 68。

〔註106〕季旭昇：《說文新證》（上），頁 99。

「𠂤」本與軍旅有關，從「帚」則與戰爭有關，在戰爭中以軍隊掃除敵人乃歸，故云「歸」字本義乃是在戰爭中以軍隊掃除敵人而歸，故從帚從𠂤會意，其說可參。〔註107〕金文之「歸」作歸還解者，施事主語可以是王，「歸」之前事不特指軍事，如〈應侯見工鼎〉：「隹正二月初吉，王歸自成周，應侯見工遺（貽）王于周」、〈令鼎〉：「王歸自諆田」、〈夨令方彝〉：「明公歸自王」等，用指征戰歸返者，凡5器6例：

例1.

　佳周公于征伐東尸（夷），豐白（伯）、專古（薄姑）咸戈（叛）。公歸鐆于周廟。戊辰，酓秦酓，公賞𣉾貝百朋，用乍尊鼎。（〈𣉾方鼎〉，2739，西周早期，成王）

例2.

　叡！東尸（夷）大反，白（伯）懋𠃝殷八𠂤（師）征東尸（夷）。唯十又一月，曾（遣）自𢆉𠂤（師），述東陝，伐海眉。雩𠦪復歸才牧𠂤（師）。（〈小臣𧣻簋〉，4238，西周早期，昭王）

例3.

　𤢔叔從王南征，唯歸。佳八月才䤾（应），誨（謀）乍寶𩱫鼎。（〈𤢔叔鼎〉，2615，西周早期，昭王）

例4.

　王佳反歸在成周，公族整𠂤。（〈晉侯穌鐘〉，《新收》878，西周晚期，厲王）

例5.

　唯九月初吉戊申，白氏曰：「不娶，馭方嚴允（獫狁）廣伐西俞（隃），王令我羞追于西，余來歸獻禽。余命女御（馭）追于署」。（〈不娶簋〉，4328器、4329蓋，西周晚期，宣王）

5器「歸」字之前皆有征伐語，「歸」字之後復有獻功受賞語，故知銘文之「歸」乃指戰勝後之班返，5器中從王征者有2，王令出征者有3。「歸」字與其他動詞連用形成「來歸」、「復歸」、「反（返）歸」詞組，「歸」字之前的「來」、「復」、

〔註107〕同上註。

「返」字與「歸」字之主要義素相同，皆指歸返，可視爲同義複詞。另〈鴞叔鼎〉「唯歸」之「唯」位於句首，標誌對「歸」的強調，有加強語氣的作用，屬語助詞作狀語用。

3.【反】（返）

《說文》辵部：「䢮，還也。从辵从反，反亦聲。〈商書〉曰：『祖甲返』，拟，《春秋傳》返从彳。」〔註108〕「返」字甲文未見，古文字之「返」多見於戰國文字，作𧾷（〈楚王酓章鎛〉，85，戰國早期）、𧾷（〈奻螚壺〉，9734，戰國晚期），〈楚王酓章鎛〉用作本義，或〈奻螚壺〉讀作「反」，謂相反相易。按古文字「反」、「返」通用，「反」字甲、金文皆作𠬝，从厂从又，厂象山石崖巖，謂人以手攀崖也，爲「扳」之本字，義同攀。扳之過則有反意，引申有反叛義及反覆義等，〔註109〕「返」字則由此派生而出，从辵強調返回、歸還義。〔註110〕金文常見以「反」作「返」者，如〈頌鼎〉：「反入堇章」等，用於軍事班返之「反」，見於〈晉侯穌鐘〉（《新收》878，西周晚期，厲王）：「王隹反（返）歸在成周，公族整𠂤」。「反歸」爲一同義複詞，係指周厲王率軍巡討東夷後班師歸返，回到成周，此時晉侯所率的晉國公族師旅亦整師班返，準備論功行賞。

4.【還】

「還」字甲文僅見於周原甲骨，字作𢔟（周原 H11.47），用法不詳。金文「還」字作𨘶（〈免簠〉，4626，西周中期）、𨙖（〈散盤〉，10176，西周晚期）、𢔧（〈鄂侯馭方鼎〉，2810，西周晚期），从辵或从彳，「睘」聲。〈散盤〉下部之𢦏爲「止」之訛，非「又」。金文亦有以「睘」作「還」者，如〈駒父盨〉（4464，西周晚期）𨙖。《說文》：「還，復也。从辵睘聲」。段注：「〈釋言〉：『還，復、返也』，今人還繞字用環，古經傳祇用還字。」〔註111〕《說文》「睘」字入目部：「睘，目驚視也。从目，袁聲。《詩》曰：『獨行睘睘』」。〔註112〕「還」字从「睘」得聲，「睘」字从「袁」得聲，「袁」字甲文作𠭯，會以手穿衣形，中間的圓圈

〔註108〕段玉裁注：《說文解字注》，頁 72。

〔註109〕季旭昇：《說文新證》（上），頁 192

〔註110〕《古文字譜系疏証》（三），頁 2795。

〔註111〕段玉裁注：《說文解字注》，頁 72。

〔註112〕同上註，頁 133。

爲「圓」的初文，聲符兼義。〔註113〕從「袁」得聲之睘、環、圓、還等字均含有圓義，《說文》訓「還」爲「復」，亦有返還之義。〔註114〕「還」在金文裡有作人名使用，並常通假作「旋」、「縣」，前者如〈散盤〉：「道以東一封，還，以西一封」，後者如〈元年師旋簋〉：「官嗣豐縣」。「還」作動詞用者，爲歸返義，所用不限指軍隊班師回國，如〈高卣〉（5431，西周早期）：「隹十又二月，王初饔旁，唯還在周」。「還」字在戰國時期僅見於郭店楚簡，通假作「率」、「營」等。〔註115〕

周金「還」字用指軍隊班返者，見於2器：

例1.

　唯三月，白懋父北征，唯還。呂行戢（捷），孚（俘）馬，用乍寶尊彝。

　（〈呂行壺〉，9689，西周早期，昭王）

例2.

　王南征，伐角、鄱，唯還自征，才矿。噩（鄂）侯駿（馭）方内（納）豊（醴）

　于王，乃祼之。（〈鄂侯馭方鼎〉，2810，西周晚期，厲王）

二器「還」字所在詞組構句方式相同，參考〈鄂侯馭方鼎〉的用法，知〈呂行壺〉「唯還」爲「唯還自征」之省。二器「還」字之前受語助詞「唯」字修飾，「唯」字在此用來強調一種語氣，表示與上文相承接，以增強感情色彩。〔註116〕此「還」之施事主語，一爲將領，一爲時王。

5.【復】

　　《說文》：「䢠，復也。从辵睘聲」。《說文》彳部：「復，往來也。从彳，复聲」。〔註117〕「還」、「復」兩字互訓，在金文裡「復」字義項頗多，有再次、歸付、返回、回報、歸返、歸還等義，其中歸返義用指班師回國者，與上述「還」字

〔註113〕裘錫圭認爲此圓圈爲追加的聲旁，但由從「袁」得聲之睘、環、圓、還等字均含有圓義來看，此圓圈當爲聲符兼義。裘文見〈釋殷虛甲骨文裡的「袁」、「犾」（遜）及有關諸字〉，《古文字研究》第12輯，頁85～98。

〔註114〕《古文字譜系疏証》（三），頁2603。

〔註115〕《古文字譜系疏証》（三），頁2600。

〔註116〕《古漢語語法及其發展》（上），頁472。

〔註117〕段玉裁：《説文解字注》，頁76。

用法相同,見〈小臣諫簋〉:

> 叡!東尸(夷)大反,白(伯)懋呂殷八自(師)征東尸(夷)。唯十又一月,曾(遣)自菱自(師),述東陕,伐海眉。雩卑復歸才牧自(師)。白(伯)懋父承(承)王令易自(師)達征自五齵貝。小臣諫蔑曆,眔易貝,用乍寶尊彝。(4238,西周早期,昭王)

〈小臣諫簋〉與〈呂行壺〉率軍者皆爲伯懋父,爲周昭王時的重要將領,在〈呂行壺〉中率軍北征,於〈小臣諫簋〉中率軍東征,於〈召尊〉中從王南征,並於〈師旂鼎〉上主持官員之間的訟事,尤其地位顯赫,故有學者推測其爲文獻所載之祭公謀父。[註118]〈小臣諫簋〉中云「雩卑復歸才牧自(師)」,屬前段結語,係指因東夷大反,故伯懋父率殷八師征東夷,後調遣駐紮在菱地的菱師(殷八師之一支),順著東陕進軍,征伐東夷的濱海之隅,最後回到殷八師的駐守中心牧師。〈小臣諫簋〉中未有勝敗俘獲語,唯「雩卑復歸才牧自(師)」句後銘文有論功行賞的記載,器主所獲之「貝」當爲東征所得。

6.【整】

古文字中的「整」見於西周晚期厲王時期器〈晉侯穌鐘〉(《新收》878)、春秋晚期的〈晉公盆〉(10342)、〈蔡侯盤〉(10171)。[註119]字從束從攴,正聲,〈晉侯穌鐘〉加彳旁。《說文》「整」字收於攴部:「整,齊也。從攴從束正,正亦聲。」段注:「齊者,禾麥吐采上平也,引伸爲凡齊之偁。」[註120]在「先備工作」的「組織」類中曾討論過「正」、「整」皆爲照紐耕部,音韻全同,兩字互訓者典籍常見,如《禮記·月令》:「命僕,及七騶咸駕旌旆,授車以級,整設于屏外」,鄭玄《注》:「整,正列也。」賈公彥《疏》云「正其行列」。[註121]銀雀山竹簡0184號:「人胃(謂)就(造)父登車嗛(攬)藤(轡)馬汁(協)險(敓)正齊周(調)勻」。湯漳平〈論唐勒賦殘簡〉云「此爲楚人唐勒〈御賦〉殘簡,

---

[註118] 此說由唐蘭於《史徵》(頁 317)中提出,彭裕商細論之,參氏著:《西周青銅器年代綜合研究》,頁 271～273。

[註119] 同出土地另有〈蔡侯尊〉(6010),與盤銘相同。

[註120] 段玉裁注:《說文解字注》,頁 124。

[註121] 漢·鄭玄注、唐·孔穎達等正義:《禮記正義》(臺北:藝文印書館,1997 年 8 月初版 13 刷,《十三經注疏》第 5 冊),頁 339。

見《淮南子・覽冥》所引，云：『昔者王良造父之御也，上車攝轡，馬爲整齊而斂諧』」。〔註122〕可知自先秦時期乃至其後，正、整通用無別，皆有振整、整頓之義。

金文中的「整」字作形容詞用時，指整齊，如〈蔡侯盤〉：「禋諆整讕」，作動詞用者，指整治、修整，如〈晉公盆〉：「整辥爾公（容）」。「整」字用指整頓師旅時，多寫作「正」，金文以「正」作「整」者皆用於戰前整頓師旅。寫作本字「整」而用於班師回朝者，僅見於〈晉侯穌鐘〉（《新收》878）：「王隹反歸在成周，公族整自（師）。」此處的「整」指王遹征東國之後回到成周，而大獲全勝的公族師旅則進行軍隊整頓，以利接下來「大蒐禮」的進行，「公族整師」的目的除了展示軍容之盛，亦具有恫赫外人，使之震懾而不敢輕侮之意。

本節討論班、歸、反（返）、還、復、整等 6 個班返類動詞，除「班」字用法例証過少有待更多論據、「整」屬班返時的振旅整師外，其餘的歸、反、還、復皆是表示返回義的趨向動詞，其後常接動詞，表示返回進行某動作，學者認爲，就是在這樣的連動式結構中，位於第一動詞位置的返回義動詞逐漸虛化，發展出多種狀語用法。〔註123〕若採用框架語義理論（frame semantics），則返回義動詞可細緻分出轉身、移動、抵達三個階段，各動詞在語義框架中所主居之意義並不完全相同，如，「歸」字以第三個階段「抵達」爲主；「反」、「還」、「復」能統攝三階段，但細部表現不同，「反」以一般返回概念爲主，「還」、「復」則以表示第一階段的轉身概念爲主。〔註124〕

第三節　安協類

安協者，安撫協和也。周初以懷柔政策對待殷遺民，有效使廣大殷遺民成爲周王朝順民，其中更有卓犖者，入周爲王朝官吏。〔註125〕故爾據險要以安中

〔註122〕王輝：《古文字通假字典》（北京：中華書局，2008 年），頁 371。

〔註123〕如方式副詞：「回走」表往回走。語氣副詞：「反求諸己」表反過來求自己。

〔註124〕張麗麗，〈返回義趨向詞作狀語──從語義框架看虛化〉，《漢語趨向詞之歷史與方言類型暨第六屆海峽兩岸語法史研討會論文集》（臺北：中央研究院語言學研究所，2009 年 8 月 26～27 日），頁 265～266。

〔註125〕相關論述可參朱鳳瀚：《商周家族形態研究》（增訂本），頁 281～282。

土，施懷柔以順民心成為西周以降的重要施政方向，並深刻影響東周軍政措施。安協類動詞多見於西周晚期以後，尤以春秋時期為多，春秋時期的作器者多為一國之君，安協類動詞多用於追述先祖功業，以及表述自己功伐的語句中，並與其他字詞結合形成形式固定的熟語，如「柔燮萬邦」、「襄不庭方」等，以熟語形式構詞，無形中削弱了這類動詞的動詞性。安協類動詞計有 1 燮、2 襄（懷）、3 頤（柔）、4 珛（柔）、5 歖（舒），分述如下：

1.【燮】

金文「燮」有兩義，一作征伐，如第四章攻擊類動詞「燮」字條下所舉「用燮不廷」之屬；這裡要介紹的是「燮」的安撫義。《說文》：「燮，和也」。「燮」訓作協和義者，典籍亦見，如《尚書‧顧命》：「燮和天下，用答揚文武之光訓」。類似的用法金文 2 見：

例 1.

> 余蜽（唯）小子，敢帥井（型）先王，秉德奲奲（秩秩），珛（柔）燮萬邦，諫莫不曰頔（卑）懲（讓）。（〈晉公盆〉，10342，春秋晚期，晉平公）

例 2.

> 咸畜（蓄）百辟胤（俊）士，鼙鼙（藹藹）文武，鋠（鎮）靜（靖）不廷，頤（柔）燮百邦，于秦執事，乍盅（淑）穌[鐘]珛名曰暬。（〈秦公鎛〉，270，春秋晚期早段，秦景公）

二器國別不同，器銘語境相近，「燮」字所在前後句皆為作器者敘己功業之語，〈晉公盆〉云「珛（柔）燮萬邦」可與〈秦公鎛〉：「頤（柔）燮百邦」對讀，「柔」有安定、安撫義，作動詞用。三器「燮」字之前皆接一動詞，形成連動結構。「某燮」之後所接則為所安協、安撫的對象。

2.【襄】（懷）

「襄」字入《說文》衣部：「褱，俠也。从衣眔聲。一曰橐。」段注：「俠當作夾，轉寫之誤。」〔註126〕于省吾認為襄即懷之初文，金文襄、懷通作，《說文》以襄為俠，以懷為念恩，失之。〔註127〕「襄」字甲文未見，金文「襄」字

〔註126〕段玉裁注：《說文解字注》，頁 396。

〔註127〕于省吾：《雙劍誃古文雜釋‧釋神襄》，參《金文形義通解》（下），頁 2079。

作📷（〈史牆盤〉，10175，西周中期）、📷（〈褱鼎〉，2551，春秋中期或晚期），
動詞義項繁多，有懷念、懷抱、懷授給予、安撫等義。或云在衣曰褱，在心爲
懷，懷、柔意相因，故引申有和義。〔註128〕「褱」用作安撫義者典籍多寫作「懷」，
如《禮記・中庸》：「懷諸侯則天下畏之。」孔《疏》：「懷，安撫也」。安撫義之
「褱」金文2見，皆爲西周晚期宣王時器。

例1.

王若曰：「父厝，不顯文武，皇天引厭乒德，配我有周。雁（膺）受大
命，衒（率）褱（懷）不廷方，亡不閈（覲）于文武耿光。（〈毛公鼎〉，
2841，西周晚期，宣王）

例2.

雩朕皇高且新室中，克幽明乒心，頢（採）遠能珳（邇），會𤳹康王，
方褱（懷）不廷。（〈逑盤〉，《新收》757-3，西周晚期，宣王）

〈毛公鼎〉「衒（率）褱（懷）不廷方」之「率」爲語氣詞，無義。「不廷方」〈逑盤〉
省作「不廷」。「褱不廷方」中的「褱」可逕訓作「懷」，安撫義，所安撫的對象
爲不來朝覲的方國。根據上文的觀察，兩周時期對於不朝服者有以武力鎮壓者，
如「狄」（剔）（如〈逑盤〉：「狄不享」）、「貓」（剔）（如〈五祀㪅鐘〉：「貓不廷
方」、「變」（襲）（如〈佣戈〉：「用變不廷」）、「鋠（鎮）靜（靖）」（如〈秦公鎛〉：
「鋠靜不廷」）等諸字之用，亦有採懷柔安撫者，如本段「褱」字文例。寇占
民從「軌」、「褱」所在諸器時代推論屬王暴虐而宣王中興，故兩者對外政策分
採剔除與懷柔兩種迥異的方式。〔註129〕唯細審銘文，用「狄」（剔）、「貓」（剔）、
「變」、「鋠（鎮）靜（靖）」者皆爲器主對己身的勉語，或爲器用之描述。而「褱」
字用於對文、武、康等先王德業的緬懷，亦即「褱不廷方」者爲西周早期對待
不廷方的態度，而非宣王時期的外交手段。其實，朱鳳瀚在討論西周家族形態
時，已詳析周初懷柔政策有其時代實施背景，其一，建立在殷子姓商族親族與
宗法間的共同體已在紂「昏棄厥遺王父母弟」（《尚書・牧誓》）中瓦解。其二，
商人強宗大族趨向獨立，昔日的聯合武裝力量均已不存在。故殷晚期商人共同
體的瓦解促使周公以懷柔爲主要手段來安撫商遺民順利可行，並成爲成康時其

〔註128〕《古文字譜系疏証》（四），頁2841。
〔註129〕參寇占民：《西周金文動詞研究》，頁280～281。

對待外族的政策。〔註130〕

3.【頧】（柔）

金文有「㝫」字，隸作「頧」，常以熟語「頧遠能犾」句出現。「頧」《說文》所無，孫詒讓謂當為「擾」字異文。《金文編》引《尚書‧顧命》「柔遠能邇」句證「柔」、「擾」聲近字通，故讀「頧」為「擾」。按金文「擾」字作㗊（〈大盂鼎〉，2837，西周早期），從酉夒聲，隸作「醿」，〈大盂鼎〉銘云「無敢醿」，《廣韻》：「擾，亂也」，醿訓作「擾」通順。㗊與㝫（〈大克鼎〉，2836，西周晚期）、㝫（〈番生簋蓋〉，4326，西周晚期）、㝫（〈秦公鎛〉，270，春秋晚期）形近而異，㗊從酉從夒，㝫從卣（直）從頁，〈毛公鼎〉有讀「夒」作「憂」者，蓋因㝫（夒）與㝫（頁）、㝫（夏、憂）形近故。故有學者以為頧即醿字異文。〔註131〕然頧字金文恆讀作「柔」，「頧」字若從憂聲，則古音影母幽部，「柔」古音日母幽部，韻同可通。

再從字義來看，《尚書‧顧命》「柔遠能邇」注云「言當和遠又能和近」，句另見於《尚書‧堯典》，注「柔，安邇近敦厚也」，《尚書‧文侯之命》句下云「懷柔遠人，必以文德，能柔遠者，必能柔近，然後國安」。故《金文編》以「頧」通「擾」訓之，明顯有誤。

金文「頧遠能犾」語見於〈番生簋蓋〉（4326，西周晚期，厲王）、〈逨盤〉（《新收》757-3，西周晚期，厲王）及〈大克鼎〉（2836，西周晚期，宣王），皆用於賞賜銘文，為作器者贊述父祖及己身功績語，另有〈晉姜鼎〉云「頧妥（綏）裹（懷）遠犾君子」，四器「頧」字構詞與用法皆近於《尚書》之「柔」，有安定、安撫義。彭裕商認為「柔遠能邇」是主要流行於西周中晚期的成語，〔註132〕李朝遠考察文獻中的「柔遠能邇」一詞最早於見《詩‧大雅‧民勞》，最晚見於周平王賜晉文侯仇所作的《尚書‧文侯之命》，從文獻記載證明西周中期尚無「柔遠能邇」一類用語，而這一詞匯春秋早期仍在使用，故認為「柔遠能邇」這四字基本可以定為厲宣時期流行用語。〔註133〕

〔註130〕朱鳳瀚：《商周家族形態研究》（增訂本），頁261。

〔註131〕《古文字譜系疏証》（一），頁540。

〔註132〕彭裕商，〈金文研究與古代典籍〉，《四川大學學報》1993年第1期，頁97～103。

〔註133〕李朝遠，〈眉縣新出逨盤與大克鼎的時代〉，《青銅器學步集》，頁307～308。

「頭」字較明顯的軍事安撫義，見於〈秦公鎛〉：

　　咸畜（蓄）百辟胤（俊）士，盩盩（藹藹）文武，鎮（鎮）靜（靖）不廷，頭（柔）

　　燮百邦，于秦執事，乍盅（淑）龢［鐘］畀名曰⿰害戈。（270，春秋晚期早

　　段，秦景公）

秦景公自述能不辱先祖，「鎮（鎮）靜（靖）不廷，頭（柔）燮百邦」，「鎮靖」義指
武力鎮壓平定，「柔燮」指安撫協和，兩詞所在分句相對，一指武力鎮壓不來朝
覲的外邦，一指安撫協和來朝之百邦，詞意先後順遞，構詞靈活巧妙。

　　4.【珆】（柔）

　　以「珆」作「柔」者，亦見於〈晉公盆〉：

　　余蜼（唯）小子，敢帥井（型）先王，秉德嬗嬗（秩秩），珆（柔）燮萬邦，

　　諫莫不曰頓（卑）嬲（讓）。（10342，春秋晚期，晉平公）

〈晉公盆〉「燮」前一字作⿰⿱土土戈，唐蘭隸作「⿰害戈」，未釋，言該分句與「頭燮百邦」
文義相近。〔註134〕郭沫若隸作「⿰害戈」而無釋。〔註135〕《殷周金文集成釋文》寬
隸作「智」，〔註136〕《殷周金文集成引得》隸作「⿰害戈」，讀作「固」。按金文舊
釋爲⿰害戈字原形作⿱土屮，見〈致彔卣〉，林澐證玉旁當爲由而非古，故釋珆（古）
誤，當隸定爲「珆」，在〈致彔卣〉作地名用。據此，則⿰⿱土土戈或疑當隸作「珆」，
「由」字余母幽部，與日母幽部的「柔」字韻同，例可通假。「珆（柔）燮萬邦」
與〈秦公鎛〉：「頭（柔）燮百邦」義同，「萬邦」與「百邦」僅數字之異也，文義
相同。

　　5.【⿰害夫攵】（舒）

　　「⿰害夫攵」字《說文》所無，甲文作⿰⿱害夫攵（《合》36875）。金文作⿰⿱害夫攵（〈遇甗〉，
948，西周中期）、⿰⿱害夫攵（〈彔簋〉，4122，西周中期）、⿰⿱害夫攵（〈⿰害夫攵侯之孫陳鼎〉，2287，
春秋晚期）、⿰⿱害夫攵（〈⿰害夫攵叔鼎〉，2767，西周晚期）等形，从害夫聲，爲「夫」之加
聲字。甲骨文「夫」作「大」，「夫」本「大」字之上加一橫分化成字，古文字
往往互用，故「夫」亦「大」也，甲文「⿰害夫攵」作地名使用。金文之「⿰害夫攵」多讀

〔註134〕唐蘭，〈晉公䤥蓋考釋〉，《國立季刊》第 4 卷第 1 號（1934 年），參《金文文獻集
　　　　成》第 29 集，頁 389。

〔註135〕郭沫若：《大系攷釋》，頁 230。此隸定爲《銘文選》所從。

〔註136〕《殷周金文集成釋文》第 6 卷，頁 194。

作「胡」，國名，在今安徽阜陽西北。或用指周厲王名。金文之「㝬」亦訓「大」，如〈師訇鼎〉：「㝬德」，《廣雅・釋詁》：「胡，大也」，故「㝬德」即大德，這是典籍常見的「胡」字用法。「㝬」字古音匣紐魚部，「害」字古音匣紐月部，兩字古讀音近，金文亦有互作例。「㝬」與審紐魚部的「舒」字韻同，〈史牆盤〉：「害屖文考乙公」，〈王孫遺者鐘〉：「余𥁰（溫）龔㝬屖」，「害屖」、「㝬屖」典籍作「舒遲（遲）」，如《禮記・玉藻》：「君子之容舒遲」，孔疏：「舒遲，閑雅也」。故「㝬」亦有訓作「舒」者，《爾雅・釋詁》：「舒、業、順，叙也」，《爾雅・釋言》：「舒，緩也」。金文之「㝬」讀如「舒」訓作平緩、舒解者，見於春秋時期的〈晉公盆〉：

> 余咸畜胤（俊）士，乍馮（凴）左右，保辥（壁）王國。剌㸑（暴）㝬（舒）㣃（迮），□攻虩者（都）。（10342，春秋晚期，晉平公）

〈晉公盆〉爲春秋晉器，晉平公自敘能帥型先王，安和萬邦，保治王國，除暴安良，平息外犯。「剌㸑（暴）㝬（舒）㣃（迮）」之「剌暴」指擊滅暴者，「㝬迮」來指平緩來犯，「剌暴㝬迮」用指晉平公之功績。

安協類動詞計有燮、褱（懷）、𩠹（柔）、珆（柔）、㝬（舒）等五個，除「褱」字用於西周晚期外，餘 4 字皆用於春秋時期，「柔燮百（萬）邦」是常時最常使用的熟語，構詞穩定，鮮少變化，安協的對象賓語多爲泛指。

第六章　兩周金文軍事動詞的語法結構和語義結構

第一節　語法結構的內容

　　「語法結構」係指語言結構中，各構成成分之間的配合與構造關係。一般而言，可從語法結構的形式上分大類，計有主謂、動賓、動補、偏正、聯合等結構關係，其中軍事動詞常見「動賓」及「動補」結構；並常見兩個動詞連用形成「連動」結構。動詞之前的修飾成分「狀語」則以副詞的量最大，偶見助動詞之用，諸語法結構的內容與定義如下：

一、動賓結構與動補結構

　　按照傳統語法的分法，從形式上按有無賓語分為及物與不及物兩類，及物動詞再根據其後賓語的數量，分為可帶單賓、雙賓的二種動詞。一般而言，動賓結構乃以「V＋O」形式出現，動賓之前不得插入任何成分，常見的「動·介賓」中，「介賓」結構乃是用作補語，若一個動詞只以「動介賓」形式出現，而非「動賓」結構，則這個動詞即屬不及物動詞，其所在的「動介賓」稱之為「動補結構」。

　　以往有學者為照顧語義，而將動詞後的賓語及作為補語的「介賓」結構一

律視爲賓語，不加以區別，乃是以語義分析代替了語法分析，把二者混淆起來的結果。[註1] 本章在討論動賓結構時，基本上依外在形式動詞之後是否直接接賓語來分別其爲及物與不及物動詞。若一個動詞在金文裡有時帶賓語，有時不帶，有時以「介賓」形式出現，則依其能直接帶賓語的文例將之歸於及物動詞。若該動詞在金文中屬假借用法，且僅見孤例，則依其通假字在金文中帶賓語與否，做爲判斷該動詞是否屬及物動詞的標準。如組織類之「師」（次）用例有 1，其後逕接介賓補語，參考相同用法的「師」（次）字有「動賓」及「動介賓」之例，可知「師」（次）仍應視爲及物動詞。該若某動詞在金文中皆以「動‧介賓」爲表現形式，然於先秦典籍及甲文中有以「動賓」形式出現者，則將其在金文的表現視爲兩周特定時空下的「不及物」用法，此認定不影響該動詞在漢語史上的及物動詞特點。

（一）動賓結構的特性

動詞和賓語之間的關係緊密，沒有停頓，不能插入連詞「而」、「以」、「之」等。賓語不藉助其他成分，多直接位於動詞後面，[註2] 與動詞形成各種語義關係，其關係以施事——受事關係爲主，主語、動詞、賓語之間形成「施－動－受」結構關係。古漢語裡多見一個動詞帶一個賓語的單賓結構，[註3] 雙賓結構見於給予義動詞及祭祀動詞中，其中祭祀動詞亦見帶三賓結構者。[註4]

（二）動補結構的特性

補語是動補結構的構成成分，在中心語動詞後，補充說明動作行爲的對象、處所、時間以及其他有關情況等，在甲、金文中，補語多以介詞短語形式出現。

二、連動結構

連動結構是指動詞或動詞結構的連用，前後有時間先後或主次之分，都爲同一施事主語發出的動作。連動結構主要由 V1V2 組成，亦偶見有 V1V2V3 的

〔註1〕 這是鄭繼娥在博論中所指出的學界盲點，參鄭繼娥：《甲骨文祭祀卜辭語言研究》，（成都：巴蜀書社，2007 年 6 月），頁 40。

〔註2〕 被動式除外。

〔註3〕 楊伯峻：《古漢語語法及其發展》（下）修訂本，頁 520。

〔註4〕 鄭繼娥：《甲骨文祭祀卜辭語言研究》，頁 69～85。

多連動結構。傳世先秦典籍中由連詞連接的連動式較多，如《左傳·隱公元年》：「公入而賦」；然甲、金文中的連動結構則多不用連詞連接，逕依前後兩項的自然順序表示先後，如《合》32308：「先高祖燎酒」、《合》32751：「辛卯貞：酒勺歲妣壬（姒）癸」。〔註5〕〈釁方鼎〉（2739，西周早期）：「隹周公于征伐東尸（夷）」等。

三、狀語成分

　　動詞謂語前面的修飾限定成分叫狀語，古漢語中的狀語內容非常豐富，多見副詞（包含時間、程度、狀（情）態等副詞種類）、形容詞、介詞短語、方位名詞等。軍事動詞常受狀語修飾，其組成成分以副詞最多，用以表示軍事行為的各種特徵，這類副詞含義大多具體，用法也比較靈活。

第二節　語法結構分析

　　本節按照第三、四、五章所分析之動詞類項，依前文論序以表列方式整理，羅列諸動詞所在之動賓結構、動補結構、連動結構及狀語成分。

一、先備工作類

（一）巡　查

先備工作類：巡查項	器　名	賓　語	介賓補語	連動	其前修飾	時代王系·國別	省賓	施事主語	備　註
望	小子𪓑卣	人方每				商		（王臣）〔註6〕	
省	戍甬方鼎		于△			商	✓（西方）	王臣	兼語句
	小臣俞尊	夒京				商帝乙		王	
	帝龏鼎	北田四品				商		王臣	兼語句
	臣卿鼎		自東		違（程度副詞）	西早成	✓	王臣（周公）	
	大盂鼎	王受民受疆土		遹△		西早康		王	

先備工作類：巡查項	器　名	賓　語	介賓補語	連動	其前修飾	時代王系·國別	省賓	施事主語	備　註
	小臣夌鼎	楚居			先(時間副詞)	西早昭		王臣	兼語句
	靜方鼎	南國相				西早昭		王臣	兼語句
	中方鼎	南國				西早昭		王臣	兼語句
	中甗	南國				西早昭		王臣	兼語句
	中觶	公族			大(程度副詞)	西早昭		王	
	鼎	道				西中穆		王臣	
	㝬鐘	文武(疆土)		遹△		西晚厲		王	
	晉侯穌鐘	師			遠(程度副詞)	西晚厲		王	
	晉侯穌鐘	東國、南國		遹△		西晚厲		王	
	梁十九年鼎	朔方		徂△		戰國·魏		(王)	
遹	大盂鼎	王受民受疆土		△省		西早康		王	
	牆盤	四方		△征(正)		西中恭		王	
	㝬鐘	文武(疆土)		△省	肇(時間副詞)	西晚厲		王	
	晉侯穌鐘	東國、南國		△省	親(情態副詞)	西晚厲		王	
	小克鼎	八師		△正(整)		西晚宣		(王臣)	兼語句
	克鐘	涇東				西晚宣		王臣	兼語句
貫	中甗	行				西早昭		王臣	兼語句
	中方鼎	行				西早昭		王臣	
	牆盤	南行			唯(語助詞)	西中恭		(王)	
	晉姜鼎	□		卑(俾)△通		春秋早		(方侯)	
監	善鼎	𤔲師戍				西中		(王臣)	
行(征行)				征△		西晚～戰國	✓	(王臣)	器多不盡舉
行(巡行)		四方			四(數詞)西(方位詞)	西晚～戰國		(方侯)	
征	啟尊				南(方位詞)	西周早	✓	王臣	另有「以征以行」句20器
	啟卣			從△		西周早	✓	王臣	
	乖伯簋	眉敖				西周晚		王臣	兼語句
獸(狩)	宰甫卣		自豆麓	來△		殷		王	不及物動詞
	啟卣		(于)南山	出△		西早		王	

先備工作類：巡查項	器　名	賓　語	介賓補語	連動	其前修飾	時代王系·國別	省賓	施事主語	備　註
	交鼎			從△		西早		王臣	
	員方鼎		于視林			西中		王	
迖	作冊豐鼎		于作冊般新宗			商晚		王	不及物動詞
	作冊般黿		于洹			商晚		王	
	小臣夌鼎		于楚麓			西早		王	

（1）動賓結構

從上表來看，巡查類除獸（狩）、迖外，其餘皆屬及物動詞，屬及物動詞者，其後每逕接巡查地點或有關的對象，這類位於動詞後面的賓語與動詞之間不是動作與受事的關係，而是表示動作行為的處所、有關對象等，稱為處所賓語與對象賓語，在數量上尤以處所賓語為多，表示巡查的動作發生的地方。巡查類動詞所在分句多為兼語句，以「S（施令者）＋V1（令）＋OS（受事賓語：兼語）＋V2（巡查類動詞）＋CO（處所補語）」為常見句式。使令類動詞之後的受事賓語兼為第二個主謂結構之主語。

巡查類動詞偶見省賓用法，共見三種狀況：

①熟語形式之省

「征」與「行」連用時，常以「用征用行」、「以征以行」、「征行」成句，形成西周晚期以後常見的熟語，「征」、「行」句後往往省略具體地點，「征」、「行」之字用於此已脫離記錄實質，成為靈活篇章的修辭手段，故其後賓語省略。然從其他用意較為具體的「征」、「行」獨立用字中，仍可見到其動賓結合的語法結構。

②賓語承前省略

賓語承前的省賓用法，如「省」字中的〈戌甬方鼎〉（2694，商）：「王令宜子逵（會）西方，于省隹反（返）。王賣（賞）戌甬貝二朋，用乍父乙齋。」王下令宜國君主前往西方，其目的在於巡視，「于省」即「往省」，往省的地方賓語「西方」承前省略。另「征」字亦見此例，如〈啟卣〉（5410，西周早期）：「王出獸（狩）南山，搜迖山谷，至于上侯滰川上。啟從征，薰（謹）不爃（擾、憂）。乍且丁寶旅尊彝。」啟從征之地為首句所指之「南山」。

③賓語前置

見「征」字例〈啓尊〉（5983，西周早期）：「啓從王南征，逴山谷，在洢水上，啓乍且丁旅寶彞。」「南征」即「征于南」。

（2）介賓結構

獸（狩）、沚兩字屬不及物動詞，其後以「動‧介賓」結構透過介詞引介巡查地點，則「介賓」結構在句中乃作為處所補語使用，所使用的介詞有「自」、「于」兩個，介詞「自」用例較少，「于」字之用則散見於殷商晚期、西周早、中期。「自」、「于」本為典籍常見的引介地點之介詞，用於殷周巡查類軍事動詞，符合巡查類動詞的使用慣性。甲文之「沚」常見「王沚某，往來亡灾？」的文例，「王沚某」多視為「王沚于某」之省，而非「王沚某」之「主‧動‧賓」結構，則「沚」為不及物動詞。

（3）連動結構

巡查類動詞彼此之間常互相結合形成同義複詞的連動結構，如「逴省」、「征行」等，而「逴征」、「來獸（狩）」、「從獸（狩）」等連動結構則具時間順遞關係。

（4）狀語成分

巡查類動詞的狀語以副詞最為多見，計有時間副詞「先」、「肇」；情態副詞「親」；程度副詞「逴」、「遠」、「大」等，並見有方位名詞「南」、語助詞「唯」等。

（二）使　令

先備工作類：使令項	器　名	對象賓語	介賓補語	省賓	其前修飾	連動	時代王系‧國別	施事主語	備　註
令（命）		王臣		✓			殷（4）〔註7〕	王、王臣	共46例，俱為兼語句
		王臣			誕（連接副詞）		西早（12）	王、王臣	
		王臣					西中（9）	（王）、方侯	
		王臣、師旅			親（情狀副詞）迺（連接副詞）肇（時間副詞）		西晚（18）	（王）、王臣	
		王臣				俾△	東周（3）	王	

〔註7〕括弧內表示出現次數。

先備工作類：使令項	器　名	對象賓語	介賓補語	省賓	其前修飾	連動	時代王系·國別	施事主語	備　註
遣	小臣謎簋		自冪師	✓(師)			西早昭	(王臣)	
	魯侯尊	三族					西早昭	王臣	兼語句
	禹鼎	禹			迺(連接副詞)		西晚厲	王臣	
	多友鼎	乃元士					西晚厲	王臣	

（1）動賓結構

使令類動詞有令（命）、遣二個，俱爲及物動。使令類以「S（王、王臣）＋V（令、命、遣）＋O（某）」爲主要分句句型，後發展出「S（王、王臣）＋V（令、命、遣）＋O（某）＋VP（所令之事）＋CO（介賓處所補語）」形式，使令類動詞之後的賓語兼作其後主謂結構的主語，即所謂使令式兼語句。使令類動詞之前的主語爲施事主語，其後的賓語與動詞是支配與被支配的關係，屬「受事賓語」，在金文裡令、遣各有一例省略例，在古漢語裡，省略這類受事賓語者，亦屬罕見。

（2）連動結構

僅見於東周楚器，於命字之前加使令動詞「卑（俾）」。

（3）狀語成分

①連接副詞：誕、迺（2）。

②情態副詞：親。

③時間副詞：肇。

（三）組　織

先備工作類：組織項	器　名	賓　語	介賓補語	連動	其前修飾	時代王系·國別	省賓	施事主語	備　註
師(次)	隩作父乙尊	既				西早		王臣	
	叔尸鐘		于淄湞			春秋晚		(王臣)	
師(次)	中甗		在量師			西早昭		(王臣)	介賓前置
正(整)	師遽簋蓋	師氏			誕(連接副詞)	西中孝夷		王	
	小克鼎	八師		遹△		西晚孝		(王臣)	「遹整八師」作爲「年」的定語

先備工作類：組織項	器　名	賓　語	介賓補語	連動	其前修飾	時代王系・國別	省賓	施事主語	備　註
屖（振）	中觶	旅				西早昭		（王）	
逬（會）	鷹羌鐘		于平陰		先（時間副詞）	戰早・晉	✓	（王臣）	會戰義
	史密簋	杞夷、州夷				西中		來犯者	會盟義
	中山王響方壺			△同		戰晚・中山	✓	（同盟國）	「會同于齒長」倒裝用法
董（觀）	史密簋							（來犯者）	
比	班簋	毛父			左、右（方位詞）	西中穆		族師	兼語句
同	中山王響方壺			會△		戰晚・中山		（同盟國）	不及物動詞
	不娶簋蓋				大（程度副詞）	西晚宣		外敵	
興	多友鼎				方（程度副詞）	西晚厲	✓	來犯者	
	新郪虎符	士			凡（狀態副詞）	戰晚・秦		（王臣）	
用	新郪虎符	兵				戰晚・秦		（王臣）	
被（披）	新郪虎符	甲				戰晚・秦		（王臣）	
遷	敔簋	殳				西晚厲		來犯者	
率	彧簋	有司、師氏				西中穆		王臣	
	彧方鼎	虎臣				西中穆		王臣	
	史密簋	齊師、遂人				西中懿		王臣	
	禹鼎	南淮夷、東夷				西晚厲		王臣	兼語句
	晉侯穌鐘	晉師、王軍				西晚厲		王臣	兼語句
	多友鼎	公車				西晚厲		王臣	兼語句
	師袁簋	齊師、紀、萊、僰				西晚宣		王臣	兼語句
	柞伯鼎	蔡侯				西晚厲宣		王臣	
	子犯編鐘	西之六師				春中・晉		王儲、王臣	
	庫壺	二百乘舟				春晚・齊		王臣	
	鷹羌鐘				徹（狀態副詞）	戰早・晉	✓（晉軍）	王臣	
	中山王響鼎	三軍之眾			親（情態副詞）	戰晚・中山		王臣	
	妤盉壺	師				戰晚・中山		（王臣）	

先備工作類：組織項	器　名	賓　語	介賓補語	連動	其前修飾	時代王系·國別	省賓	施事主語	備　註
以	小盂鼎	親屬			且(語助詞)	西早康		外敵首領	
	臣諫簋	□□亞旅				西早康		王臣	兼語句
	小臣謎簋	殷八師				西早昭		王臣	
	𧽊鼎	師氏及有司、後國				西早昭		王臣	兼語句
	彔卣	成周師氏			其(語助詞)	西中穆		王臣	
	班簋	毛族軍				西中穆		王臣	兼語句
	競卣	成師				西中穆		王臣	
	禹鼎	武公徒馭				西晚厲		王臣	
	不嬰簋	我車				西晚宣		王臣	
價(督)	晉侯穌鐘			△往		西晚厲		王	不及物動詞

（1）動賓結構

除蘿(觀)、同、價(督)三字爲不及物動詞外，其餘 12 例皆爲及物動詞。在賓語方面，組織類動詞皆於動詞後直接接賓語，所接賓語爲組織、率領、調派的軍隊（王師、諸侯之師）、軍車、軍船等，屬受事賓語，比較特別的是「遷」字所接之「殳」爲工具賓語。偶見賓語前置例，如〈中甗〉:「在鄂師𣆓(次)」；偶有省賓結構見於「會」字:〈鳳羌鐘〉「先會于平陰」，「會」字之後承上省略對象賓語「齊師」。

另外，「興」、「率」偶見省賓用法。組織類中的不及物動詞爲「價(督)」、「同」，「同」見於〈中山王𦆲方壺〉，銘云「齒長于會同」屬「會同于齒長」的倒裝，語法結構則爲「V1V2·介賓」，此介賓結構「于齒長」作「會同」之補語，參照「同」字的另一例〈不嬰簋蓋〉:「戎大同」，「同」字之後亦無賓語，可知「同」在組織類動詞中屬不及物動詞。

（2）動補結構

僅 2 見，〈鳳羌鐘〉「會于平陰」、〈叔夷鐘〉「師于淄淮」。介詞「于」用以引介軍隊進行調度組織的處所。

（3）連動結構

組織類動詞的連動結構有「遷正(整)」、「會同」、「價往」3 例，其中「會

同」爲同義複詞，表會盟義。

（4）狀語成分

其前常受其他詞類修飾，計有時間副詞「方」、程度副詞「大」、「方」、狀態副詞「凡」、「徹」、「親」、連接副詞「誕」等，唯一受語助詞「且」、「其」所修飾的，是表率領義的「以」字。另外，表相輔義的「比」字之前有方位名詞詞「左」、「右」做狀語，以明比從方向。

（四）行　軍

先備工作類：行軍項	器　名	賓　語	介賓	連動	其前修飾	時代王系・國別	省賓	施事主語	備　註
行	虢季子白盤				先（時間副詞）	西晚宣		（王臣）	不及物動詞
徹（徂）	梁十九年鼎	朔方		△省		戰國・魏		（王）	
迮	簷大史申鼎				以（介詞）	春秋晚		王臣	不及物動詞
逆	攻吳王壽夢之子叡𤬪邗劍	之（荊）		△攻	親（情態副詞）	春晚・吳		王儲	
從	晉侯穌鐘					西晚厲	✓（宿夷）	王臣	
	不𡢆簋	女（周軍）		△追		西晚宣		戎	
奔	敔簋			△追		西中穆		王臣	不及物動詞

（1）動賓結構

行軍類的 6 個動詞中，「徂」、「從」、「逆」是及物動詞，其後所接賓語屬對象賓語；〔註8〕「行」以及訓作行的「迮」、「奔」爲不及物動詞。

〔註 8〕 楊伯峻將表示動作行爲的目的、原因、工具、處所、有關的對象等概括爲「關係賓語」，云「關係賓語」是指動詞後面的賓語與動詞之間不是動作與受事的關係，而是其他多種多樣的關係，關係賓語與動詞之間往往隱含著語義介詞，常可理解作「介・賓・動」或「動・介・賓」（楊伯峻、何樂士：《古漢語語法及其發展》（下）修訂本，頁 523）。鄭繼娥以之分析甲骨文祭祀動詞的單賓結構時，認爲這樣的分類過於含糊，在進行語法分析時顯得寬泛而不科學，因爲其他賓語與動詞之間也是一種語義上的「關係」，故採單獨列出各類賓語（即原因賓語、對象賓語、工具賓語、受事賓語、處所賓語），而不作爲大類。按鄭氏從其分不從其合較爲科學精確，本文從之。

（2）連動結構

如「𢓶(徂)省」。先「徂」再「省」，兩動詞間具時間先後關係。第一個動詞為行軍類動詞，第二個動詞表示軍行之後的動作，前後兩項依自然順序表示先後，而不以連詞如「而」、「而後」等連接。另「逆攻」、「從追」、「奔追」等用法相同。

（3）狀語成分

行軍類動詞之前可受介詞「以」字修飾，如「用征以迮」，則「迮」字之前的「以」乃表引介器主作器的目的。「行」字之間受時間副詞「先」字修飾，表時間先後。

二、發動戰事類

（一）出　發

發動戰事類：出發項	器　名	賓語	介賓補語	省賓	其前修飾	連動	時代王系・國別	施事主語	備　註
出	伯𫑡父簋		自成周				西晚厲		不及物動詞
	楚公逆編鐘					△求	西晚宣	侯王	不及物動詞（楚器）
	四十二年逑鼎		于井阿、于曆巖			△捷	西晚宣	（王臣）	不及物動詞
于	疐方鼎	東夷				△征伐	西早成	王臣（周公）	三連動結構
	令簋	楚伯				△伐	西早昭	王	
各	兮甲盤	玁狁			初(時間副詞)	△伐	西晚宣	王	
來	小臣艅尊	人方				△征	西早	王	
	㳂嗣徒逆簋	商邑				△伐	西早成	王	
	旅鼎	反夷				△伐	西中成	王臣（大保）	
往	者汈鐘	庶盟				△捍	戰早・越	（王儲）	
之	攻吳王壽夢之子叔劬郘劍	鄰					春晚・吳	王儲	
即	競卣	東					西中穆	王軍	兼語句
	師寏簋			✓(夷)		△質	西晚厲	王臣	

　　出發類動詞共 7 字，多見於西周時期，西早 4、西中 1、西晚 5、春秋 1、戰國早 1。其中除「出」字例的〈四十二年逑鼎〉施事主語爲職屬王臣虞官的逑、「即」字 2 例的施事主語爲王將外，其餘諸例的施事主語身份極高，非爲時王、諸侯王則爲大師大保，顯示出發類動詞在施事主語的選擇上有其獨特針對性。

（1）動賓結構

　　在動賓結構方面，出發類動詞的賓語多爲對象賓語，是出兵攻擊的對象，以方國名稱爲主，偶見敵國邦首名，如〈令簋〉的「楚伯」。唯一的不及物動詞爲「出」，強調出發、出動這個行爲，其後多以介賓結構述明自何處出動。

（2）連動結構

　　出發類軍事動詞其後常接表攻擊之動詞，尤與「征」、「伐」兩字最常連用。〈臺方鼎〉「于征伐」三動詞連用屬罕見例。「往捍」、「即質」兩詞組之前的動詞有時間先後之分，第一個動詞皆爲行軍類動詞，第二個動詞則表示軍行之後動作，前後兩項依自然訓序表示先後，而不以連詞如「而」、「而後」等連接。

（3）狀語成分

　　時間副詞：初。

（二）侵　犯

發動戰事類：侵犯項	器　名	賓語	介賓	省賓	其前修飾	連動	時代王系・國別	施事主語	備　註
反	大保簋						西早成	敵首	不及物動詞
	小臣謎簋				大（程度副詞）		西早昭穆	外敵	
伐	陵貯簋			✓（周）		來△	西早	外敵	
	晉公盆		✓			舒△	春晚・晉	外敵	
	叔夷鐘			✓（齊）			春晚・齊	外敵	
	羌鐘	齊					戰早・晉	王臣	
出	臣諫簋		于軝		大（程度副詞）		西早成康	外敵	不及物動詞
	簹簋		于楷		大（程度副詞）		西中穆	外敵	

（1）動賓結構

「戠」（迮迫）字4例中，有3例爲省賓結構，由於「戠」字可指我迫敵，亦可指敵迮迫我，「戠」字在西周時期僅用於敵迮迫我，〈䧅貯簋〉所省略的對象賓語爲巢國攻擊的對象周王室。「戠」多見於東周時期，爲方國間互相侵犯的常用字，此時受事賓語爲敵對國。

（2）動補結構

「反」（反叛）、「出」（來犯）二字屬不及物動詞，其中「出」以「動・介・賓」的形式帶出處所補語，所用介詞爲「于」。

（3）連動結構

僅見「來戠」、「舒戠」。

（4）狀語成分

程度副詞：大（3）。

（三）防　禦

發動戰事類：防禦項	器　名	賓　語	介賓	省賓	其前修飾	連　動	時代王系・國別	施事主語	備　註
吾（衛）	師詢簋	王身				干（捍）△	西中懿	王臣	
	毛公鼎	王身				干（捍）△	西晚宣	王臣	
御（禦）	𢦟方鼎	淮戎					西中穆	王臣	兼語句
	不𡢁簋		于䜌	✓		△追	西晚宣	王臣	兼語句
	姑發䏻反劍	余			敢△		春晚・吳	（外敵）	
衛	班簋	父身（毛公）					西中穆	（王臣）	
戒	叔夷鐘	戎			以（介詞）		春晚・齊	王臣	
𨊠（捍）	戎生編鐘	不廷方			用（介詞）		西晚晉	王臣	
害（衛）	師克盨	王身				捍△	西中孝	王臣	
干、攼（捍）	師詢簋	王身				△敔	西中懿	王臣	
	師克盨	王身				△衛	西中孝	王臣	
	大鼎	王				入△	西晚夷	王臣	
	毛公鼎	王身				△敔	西晚宣	王臣	
	者𣲗鐘	庶盟				往△	戰早・越	（王儲）	

發動戰事類：防禦項		器　名	賓　語	介賓	省賓	其前修飾	連　動	時代王系・國別	施事主語	備　註
戍		中甗	漢、中、州					西早昭	王臣	兼語句
		彔卣		于珷				西中穆	王臣	兼語句
		稺卣		于由師				西中穆	王臣	兼語句
		遇甗		才由師				西中穆	王臣	〈彔卣〉、〈稺卣〉、〈遇甗〉、〈臤尊〉四器所載爲一事
		臤尊		于珷師				西中穆	王臣	
處		臣諫簋		于軧				西中康	王臣	兼語句
		默鐘	我土				陷△	西晚厲	外敵	
		姑發臂反劍	江之陽					春晚・吳	王儲	
		叔夷鐘	禹之堵					春晚・齊	（王）	
		冉鉦鍼	此南疆					戰國・越	王臣	
戲（擋）		攻敔王光劍	勇人			以（介詞）		戰國・吳	王	

（1）動賓結構

防禦類的 10 個動詞：吾（衛）、御（禦）、衛、戒、扞（捍）、害（衛）、玫（捍）、戍、處、戲皆爲及物動詞，所警戒、防禦、抵擋的對象賓語爲外敵，所保衛、捍衛的對象賓語爲周王及其他同盟國，所處守的處所賓語則爲王土。基於語義特性，省賓結構見於御（抵禦）字，所禦者承上省略。

（2）動補結構

「動・介・賓」結構多見於處（處守）、戍（戍守），以介詞「于」、「才（在）」引介處守之地。

（3）連動結構

見「陷處」、「往捍」、「捍吾（衛）」、「捍害（衛）」、「入捍」、「禦追」，兩動詞連用具戰程順序。

（4）狀語成分

〈叔夷鐘〉「以戒戎作」、〈攻敔王光劍〉「以戲（擋）」中，動詞前的介詞「以」用於引介工具，所以引介之工具鐘、劍皆承上省略。〈戎生編鐘〉：「用扞（捍）不廷方」中，以介詞「用」字引進目的，有"用此"、"由此"之意。〈姑發臂反劍〉「莫敢禦」中的助動詞「敢」爲意志類助動詞，有膽敢義，「敢」字之前

有否定副詞「莫」字修飾，「莫敢」用以描述外侮之意志也。

（四）攻　擊

1. 从　戈

發動戰事類：攻擊項－从戈	器名	對象賓語	介賓補語	省賓	其前修飾	連動	時代王系・國別	施事主語	備註
戴	燕王職壺	國			東（方位詞）		戰晚・燕	（侯王）	
伐		征伐對象（國名、國都、邦首名）			敢（助動詞）克（助動詞）肇（語助詞）廣（範圍副詞：7）周（範圍副詞）亟（程度副詞）以（介詞）	于征△征△(2)于△捷△來△敦△(3)撲△(5)宕△(2)刵△搏△格△納△(2)內△命△	商(1)西早(21)西中(7)西晚(30)東周(7)	周王室（王、王臣、軍隊）、外敵、各國邦首	共66例
戰	楚王酓忑鼎					△獲	戰晚楚	侯王	不及物動詞
戴（撲）	馭鐘	乎都				△伐	西晚厲	（王）	賓語位於連動結構之後
	禹鼎	鄂侯馭方				△伐	西晚厲	王軍	兼語句
	應侯見工鼎	南夷衺				令△伐	西晚厲	（王臣）	
	應侯見工簋	南夷				△伐	西晚厲	（王臣）	
	兮甲盤		✓（淮夷）			刑△伐	西晚宣	（王臣）	
	逨盤	楚荆				△伐	西晚宣	（王臣）	
戴（捷）	虘鼎	東反夷					西早昭	王臣	兼語句
	四十二年逨鼎		于井阿、于曆岩	✓		出△	西晚宣	王臣	兼語句
㦰（誅）	中山瞏方壺	不順（燕）			以（介詞）		戰晚・中山	（王臣）	

（1）動賓結構

從戈偏旁的 6 個動詞譈、伐、戰、戣(撲)、戠(捷)、栽(誅)中，除「戰」字之外，餘例皆爲及物動詞，諸動詞以攻擊義爲主要義素，其後所接爲對象賓語，即攻擊的對象，該對象的指稱有寬狹的不同，寬指國名、國邑，狹者爲邦首私名。動賓結構前的施事主語有王、王師旅、王臣等，皆爲攻擊行爲的發出者，尤以王臣最爲常見，施事主語每承上省略，用以精簡句型。該組動詞省賓用法見於戰、戣(撲)、戠(捷)，賓語皆承上省略。

（2）動補結構

見於「戠」(捷)字例，〈四十二年逨鼎〉：「出戠(捷)于井阿、于曆岩」。戠(捷)字的省賓句型後以「介賓補語」帶出作戰地點。

（3）連動結構

除譈、栽(誅)之外，其餘伐、戰、戣(撲)、戠(捷)4 字皆以連動形式出現，且皆與「伐」字形成「△伐」連動詞組，「伐」字之前的動詞用以描述較爲細緻的攻擊動作。其中「戣(撲)」字只與「伐」結合，形成一固定結構。「伐」字是兩周軍事銘文中最活潑的一個攻擊動詞，其前可受副詞、介詞、方位詞、助動詞、語助詞等修飾，並與于征△、于△、捷△、來△、敦△（3）、撲△（4）、宕△（2）、剮△、搏△、格△、內△（1）、納△（2）、命△等 13 個動詞組成連動詞組，在這些連動結構裡，「伐」字始終位居 V2 的地位，而「伐」字之前的動詞多爲攻擊動詞，少數爲趨向動詞，如于、內等。

（4）狀語成分

助動詞（克、敢）、語助詞（肇）、程度副詞（亟）、範圍副詞（周、廣）、否定副詞（弗）、介詞（以）、方位詞（東）。

2. 從又等相關偏旁

發動戰事類：攻擊項－從又	器　名	對象賓語	介賓補語	省　賓	其前修飾	連　動	時代王系·國別	施事主語	備　註
戀(襲)	曾伯桼簠	繁陽				抑△	春早·曾	（王臣）	
	佣戈	不庭			用(介詞)		春晚·楚	（王臣）	
毀	庚壺	諸俘……士女					春晚·齊	（王臣）	銘殘

發動戰事類：攻擊項—从又	器名	對象賓語	介賓補語	省賓	其前修飾	連動	時代王系·國別	施事主語	備註
殺	庚壺	其（代名詞：萊國）					春晚·齊	（王臣）	銘殘
攴	攻吳王壽夢之子叡䣄劍	七邦君					春晚·吳	王儲	
哉	史密簋	南夷					西中懿	王臣	
臺（敦）	寡子卣	不淑					西中	王臣	
臺（敦）	㲃鐘			✓（南國艮子）		△伐	西晚厲	王	
臺（敦）	晉侯穌鐘	氜䜌戎				△伐	西晚厲	王臣	
臺（敦）	禹鼎	鄂				△伐	西晚厲	王臣	
臺（敦）	不娶簋				大（程度副詞）	△搏	西晚宣	王臣	
攻	䚄鼎			✓（東反夷）		△𤞷（踰：拔）	西中昭	（王臣）	攻𤞷之後接結果補語「無敵」
攻	晉公盆	都				△虢（郤：卻）	春晚·晉	王	
攻	攻吳王壽夢之子叡䣄劍	之（楚荊）					春晚·吳	（王儲）	
敆	晉侯穌鐘				先（時間副詞）	△入	西晚厲	王臣	兼語句，不及物動詞
徹	史牆盤	楚荊			廣（範圍副詞）		西中恭	王	
戲	叔夷鐘	厘凌師					春晚·齊	王	
印（抑）	曾伯秉簠	繁陽				△燮	春早·曾	（王臣）	
印（抑）	梁伯戈	鬼方蠻、攻方					春早	（王臣）	
搏		戎（5）獫狁（3）眾（周庶民）楚荊眾魯（周南服小國）	于漆于世于共	✓（戎、獫狁）	卒（時間副詞）或（判斷副詞）今（時間副詞）敢（助動詞）大（程度副詞）以（連詞）	追△（2）敦△△伐（2）	西早（1）西中（2）西晚（7）春中·晉（1）	王臣（10）外敵（2）	11例
差	五年師旋簋		于齊	✓（不明）		△追	西晚厲		不及物動詞
差	多友鼎		于京師	✓（獫狁）		△追	西晚厲		不及物動詞
差	不娶簋		于西	✓（獫狁）		△追	西晚宣		不及物動詞

（1）動賓結構

12 個與「手」部件相關的攻擊動詞中，多爲及物動詞，僅「敔」、「羞」爲不及物動詞。及物動詞以「S＋V＋O」爲標準分句結構，其中施事主語爲攻擊的發出者，常承上省略，受事賓語即續語攻擊之對象亦每見省略，多可由上文補出。

（2）動補結構

動詞之後以介詞「于」字帶出作戰地點，無一例外。

（3）連動結構

「敦」、「攻」、「搏」、「羞」是最常出現連動結構的手部類攻擊動詞，其中「敦伐」、「搏伐」、「羞追」連用頻繁，幾成熟語。

（4）狀語成分

①副詞：程度副詞：大（2）。時間副詞：先、卒、今。範圍副詞：廣。判
　　斷副詞：或。

②助動詞：敢。

③連詞：以。見〈四十二年逨鼎〉之宣王語：「女（汝）□長父，以追搏戎，
　　乃即宕（蕩）伐于弓谷。」連動結構「追搏」之前的「以」爲一順承連詞。

④介詞：用。

3. 從止等相關偏旁

發動戰事類：攻擊項－足	器　名	對象賓語	介賓補語	省　賓	其前修飾	連　動	時　代	施事主語	備註
達（撻）	牆盤	殷					西中恭	（王）	
	逨盤	殷					西晚宣	（王）	
追	𢦤貯簋			✓（巢）			西早	王軍	兼語句
	敔簋	戎				奔△	西中穆	王臣	兼語句
	昌鼎		于倗	✓（不明）			西中‧晉	王臣	
	五年師旋簋		于齊	✓（不明）		羞△	西晚厲	王臣	
	多友鼎		于京師、于世	✓（玁狁）	西（方位詞）軼（形容詞）	羞△（2）△搏告△	西晚厲	王臣	「追」字6見
	敔簋		于上洛、炘谷	✓（南淮夷）		△襲	西晚厲	王臣	兼語句

發動戰事類：攻擊項—足	器　名	對象賓語	介賓補語	省　賓	其前修飾	連　動	時　代	施事主語	備註
	不嬰簋		于西	✓(玁狁)		羞△	西晚宣	王臣	兼語句
	四十二年逨鼎	戎			以(連詞)	△搏	西晚宣	王臣	
逐	晉侯穌鐘	之(宿夷)			遂(連接副詞)		西晚厲	(王臣)	
征		人方、商、東夷(2)、奄(2)、楚荊(1)、于方、無需、南夷(4)、南夷丰(2)、繁陽(2)、淮夷、蠻方(玁狁)、四方、秦、莒、燕(2)		✓(未明、楚荊、東國)	北(方位詞)南(方位詞)潛(狀態副詞)用(2)(介詞)以(介詞)	來△于△伐△伐盜△率△	商(1)西早(11)西中(5)西晚(11)東周(5)	王、王臣	共三十三例
勦(襲)	戜簋	戎					西中穆	王臣	
	敔簋		于上洛、悆谷	✓(南淮夷)			西晚厲	王臣	
冊(踚)	寰鼎						西早昭	王臣	不及物動詞

（1）動賓結構

從止之相關偏旁中：達（撻）、追、逐、征、勦（襲）為及物動詞，僅「冊（踚）」為不及物動詞。及物動詞以「Ｓ＋Ｖ＋Ｏ」為基本結構，施事主語偶見省略，「達」（撻）字兩例皆省。施事主語的身份有王臣、王、王儲、王軍，尤以王臣最多，僅「從」字以「戎」為施事主語，春秋吳器以王儲為施事主語，餘例皆見於西周時期，故皆以周王室為施事。此類攻擊動詞之後恆接對象賓語，常見省賓例，尤以「追」、「征」最為常見，所省賓語可依前後句補足。

（2）動補結構

動詞之後以介詞「于」字帶出作戰地點，無一例外。

（3）連動結構

「征」最常以連動結構出現，所接動詞多為攻擊類動詞。

（4）狀語成分

①副詞：狀態副詞：潛。

　　　　關聯副詞：遂。

②方位詞：西、北、南。

③連詞：以。

④介詞：用、以。

4. 其 他

發動戰事類：攻擊項－其他	器 名	對象賓語	介賓補語	省賓	其前修飾	連 動	時代王系・國別	施事主語	備 註
靜(靖)	班簋	東國					西中穆	(王臣)	
	多友鼎	京師(犯戎)			既(時間副詞)		西晚厲	王臣	銘「靜」(靖)2見
	秦公鎛	不廷				鎮(鎮)△	春晚・秦	(王)	
	秦公簋	不廷				鎮(鎮)△	春晚・秦	(王)	
	中山王嚳方壺	燕疆			以(介詞)		戰晚・中山	(王臣)	
入、內	晉侯穌鐘			✓(郇城)		敔△	西晚厲	王臣	入
	噩羌鐘	長城					戰早・晉	(王臣)	入
	庚壺	門、筥					春晚・齊	王臣	入2見
	員卣	邑			先(時間副詞)		西中昭	王臣	內
罙(深)	禹鼎				彌(程度副詞)		西晚厲	王軍	不及物動詞
圍	庚壺	萊					春晚・齊	王軍	
	柞伯鼎	昏			既(時間副詞)		西晚厲宣之際	(王臣)	
兼	商鞅量	天下			盡(範圍副詞)	并△	戰晚・秦	王	
臽(陷)	敌鐘	我土			敢(助動詞)	△處	西晚厲	南國及子	
并(併)	中山王嚳鼎	越					戰晚・中山	吳人	
	商鞅量	天下諸侯				△兼	戰晚・秦	王	
鎮(鎮)	秦公鎛	不廷				△靜(靖)	春晚・秦	王	
	秦公簋	不廷				△靜(靖)	春晚・秦	王	

（1）動賓結構

攻擊項的其他類動詞計有靜(靖)、入(內)、罙(深)、圍、兼、臽、并、鎮(鎮)，除「罙（深）」字外，俱為及物動詞，以「S＋V＋O」為標準句型，施事主語為發動攻擊者，其後所接對象賓語為攻擊的目的，僅「入」字偶見省賓用法。

（2）連動結構

計有「鎮(鎮)靜(靖)」、「敔入」、「臽處」、「并兼」諸例，其中「鎮(鎮)靜(靖)」

詞組習接受事賓語「不廷」形成「鎮（鎮）靜（靖）不廷」熟語。

（3）狀語成分

①時間副詞：既、先。

②範圍副詞：盡。

③程度副詞：彌。

④助動詞：敢。

⑤介詞：以。

（五）覆　滅

發動戰事類：覆滅項	器　名	對象賓語	介賓補語	省賓	其前修飾	連動	時代王系・國別	施事主語	備　註
賷	師寰簋	厹邦獸（酋）				即△	西晚宣	（王臣）	
覆	中山王嚳鼎	吳					戰晚・中山	（王軍）	
盜	秦公鐘	百蠻					春早・秦	（王）	
狄（剔）	牆盤	虘髟					西中恭	（王臣）	
	逨盤	不享			方（時間副詞）		西晚宣	（王臣）	
	曾伯霖簠蓋	淮夷			克（助動詞）		春早・曾	（王臣）	
貓（剔）	五祀獸鐘	不廷方					西晚屬	（王臣）	
荆	晉公盆	暴					春秋・晉	（王）	
辥（薛）	燕王職壺	城					戰晚・燕	（王）	
刷	叔夷鐘	夏司				△伐	春晚・齊	（王）	
闢	大盂鼎	厹（商）					西早康	（王）	
	四十二年逨鼎	玁狁					西晚宣	（王臣）	
	大武戈	兵					戰國晚	（王臣之德）	
滅	子犯編鐘	厹禹（玉）					春中・晉	（王及王臣）	受事賓語爲楚帥子玉
	燕王職壺	齊					戰晚・燕	（王）	
喪	大盂鼎	師			故（時間副詞）		西早	商	施事賓語：動賓→使動賓
	子犯編鐘	厹師					春中・晉	楚荆	
	冉鉦鍼		✓（師）		勿（否定副詞）		戰早	女（王臣）	
勝	陳璋方壺	邦					戰中・齊	（王臣）	
	陳璋鑪	邦					戰中・齊	（王臣）	

（1）動賓結構

攻擊項的其他類動詞計有 1 質、2 覆、3 盜、4 狄（剔）、5 刜、6 㪫（毁）、7 刷、8 闚、9 滅、10 喪、11 勝，俱爲及物動詞，以「S＋V＋O」爲標準句型，施事主語爲發動攻擊者，每見承上省略，除「喪」字例下的〈冄鈺鍼〉：「勿喪勿敗」爲作器者自勉語外，其餘覆滅義動詞皆用指實際攻擊情況，且多見於戰事頻繁的西周晚期至東周之際。動詞之後必接受事賓語，賓語恆爲施事者殲除的對象，對象賓語所指有廣狹之別，廣者泛指邦國、城邑，狹者專名邦師、邦酋。

（2）連動結構

計有「即質」、「刷伐」。

（3）狀語成分

①時間副詞：方、故。

②否定副詞：勿。

③助動詞：克。

（六）救　援

發動戰事類：救援項	器名	對象賓語	介賓補語	省賓	其前修飾	連動	時代王系・國別	施事主語	備　註
救	㝬篹鐘	戎					春晚・楚	同盟國軍	對象不明
	中山王䒑方壺			✓（燕）			戰晚	同盟國	定中結構短語
復	多友鼎	郇人俘			卒（時間副詞）		西晚厲	（王臣）	
		京師之俘				△奪	西晚厲	（王臣）	
	敔篹			✓（俘）		△付	西晚厲	（王臣）	
重	禹鼎	西六師、殷八師					西晚厲	（王臣）	

（1）動賓結構

救援類動詞西周晚期用「復」，強調奪還收復之前的被俘人民；另有「重」字強調救援協助義。東周時期用「救」指盟軍間的軍事救援。「救」、「復」兩動詞皆屬及物動詞，動詞之前爲救援動作的發出者，動詞之後爲被救援的對象，施事主語常承上省略。

（2）連動結構

僅見於「復」字：「復奪」、「復付」。

（3）狀語成分

時間副詞：卒。

三、戰果類

（一）俘　獲

戰果類：俘獲項	器名	對象賓語	介賓補語	省賓	其前修飾	連動	時代王系・國別	施事主語	備註
折	（器多不備載）	西周早：酋西周晚：首					西周早(1)西周晚(21)	（王、王臣）	22例
取	戎生編鐘	孚(繁陽)吉金					西晚厲	（王臣）	晉器
	晉姜鼎	孚(繁陽)吉金					春秋早	（侯后）	晉器
奪	多友鼎	京師之俘				復△	西晚厲	（王臣）	
	敔簋	俘人四百					西晚厲	（王臣）	
敓(奪)	屬羌鐘	楚京			甚(程度副詞)		戰早・晉	（王臣）	晉器
孚(俘)		孚(巢)金胄、人、馬、車、牛、人、貝、戈、金		✓			西周早(13)	王臣(1)（王臣：12）	24例
		金					西周中(2)	王臣(1)（王臣：1）	
		車、器、金、戎、馬、戈		✓（邘邑百姓）	卒(時間副詞)		西周晚(9)	（玁狁、王臣）	
得	狀馭簋			✓		又(有)△	西早昭	（王臣）	
	伯戔父簋	俘金五十鈞					西晚厲	（王臣）	
隻(獲)		馘、巢					西周早(4)	（王臣）	15例
		百人					西中懿(1)	（王臣）	
		孚君馭方、馘					西周晚(3)	（王臣）	
		車馬、兵銅		✓	以(介詞)	有△	東周(7)	（王儲）王、王臣	陳璋器屬定中結構
秋(獲)	燕王職壺			✓			戰晚燕	（王）	定中結構
執		酋、訊					西早(3)	（王臣）	24例
		訊					西中(1)	（王臣）	

戰果類：俘獲項	器名	對象賓語	介賓補語	省賓	其前修飾	連動	時代王系・國別	施事主語	備註
		訊					西晚(20)	王臣(王臣)	
孚(俘)	敔簋	戎俘人					西中穆	(王臣)	
	師同鼎	車馬、戎金胄					西晚厲	(王臣)	
禽(擒)	昌鼎					又(有)△	西中	(王臣)	不及物動詞
	多友鼎				多(程度副詞)		西晚厲	(王臣)	
	不娶簋				多(程度副詞)		西晚宣	(王臣)	
戜(捷)	庚壺	其兵甲車馬					春晚齊	王臣	

（1）動賓結構

金文之俘獲用語中：折、取、奪(敓)、孚(俘)、得、隻(獲)、秡(獲)、執、孚(捋)、戜(捷)屬及物動詞，以「S＋V＋O」為標準句型，施事主語即俘獲行為的發出者常承上省略，俘獲的對象賓語則為攻戰的對象國俘虜，「孚(俘)」字並有以敵方為施事主語者，則此時被俘者為周人。另奪回義的「奪」字施事主語為周軍，其對象賓語為之前被敵方俘虜之周人。孚(俘)、隻(獲)、秡(獲)有省賓用法，孚(俘)字之省賓例由於未明所俘得，賓語未易補出。至於隻(獲)、秡(獲)兩字，陳璋器云：「伐匽(燕)𣌾(勝)邦之隻(獲)」、〈燕王職壺〉云：「滅齊(齊)之秡(獲)」，皆為定中結構，陳璋器「伐燕勝邦」為一動賓短語做中心語「隻(獲)」前之定語，定語和中心語之間以「之」連接。〈燕王職壺〉的語法結構與之相同，可知孤例之秡(獲)在此不應視為不及物動詞，而應視為與「隻(獲)」用法完全相同之及物動詞省賓例。俘獲類的不及物動詞為「禽(擒)」。

（2）連動結構

「得」、「隻(獲)」、「禽(擒)」三字皆與「又(有)」結合形成「有得」、「有獲」、「有擒」詞組。

（3）狀語成分

①時間副詞：卒。

②程度副詞：多、屢。

③介詞：以。

（二）勝　敗

1. 戰　勝

戰果類：勝敗項－戰勝	器　名	對象賓語	介賓補語	省　賓	其前修飾	連　動	時代王系・國別	施事主語	備註
敗	攻吳王壽夢之子叡𦥑郚劍	（楚）三軍					春晚・吳	（王儲）	
	鄂君啓車節	晉師					戰中・楚	王臣	
賢	杕氏壺	鮮虞					春晚・燕	王臣	
克	利簋			✓（商）			西早成	（王）	
	小臣單觶	商				叡（黜）△	西早成	王	
	何尊	大邑商			既（時間副詞）		西早成	王	
	敔簋	毕敵				卑（俾）△	西中穆	（王臣）	
	應侯見工簋			✓（南淮夷）		休△	西晚厲	（王臣）	
	燕王職壺	邦					戰晚・燕	（王）	
又（有）	利簋	商					西早成	（王）	
	叔夷鐘	九州			咸（範圍副詞）		春晚・齊	（王）	
戈	𠭯方鼎			✓（東夷）	咸（範圍副詞）		西早成	（王臣）	
	史牆盤	殷			既（時間副詞）		西中恭	王	
	癲鐘	殷			既（時間副詞）		西中懿孝	王	
上（攘）	子犯編鐘	楚荊			大（程度副詞）		春中・晉	（王及王臣及師）	
戩（捷）	呂行壺						西早昭	王臣	不及物動詞
虢（卻）	晉公盆	者（都）				攻△	春晚・晉	侯王	

（1）動賓結構

戰勝類動詞計有敗、賢、克、又（有）、戈、上（攘）、戩（捷）、虢（卻）等 8 個，除戩（捷）字外，皆爲及物動詞，以「S＋V＋O」爲標準句型，施事主語爲率軍出兵者，西周早期以「王」最常見，西周中期率軍者多爲王臣，戰勝類動詞的施事主語省略情況約佔 50%，不若之前幾類動詞省略比數幾近 2／3。戰勝類的賓語皆爲發動攻擊的對象，多爲邦國（殷、楚荊），偶見專指某師（晉師）者。省賓例見於「克」、「戈」，省略之賓語皆可承上補出。

（2）連動結構

見於「克」字：「叔（黜）克」、「卑（俾）克」、「休克」。「虢」字：「攻虢（卻）」。

（3）狀語成分

①時間副詞：既（3見）。

②範圍副詞：咸（2見）。

③程度副詞：大。

2. 戰 敗

戰果類：勝敗項－戰敗	器 名	對象賓語	介賓補語	省賓	其前修飾	連動	時代王系·國別	施事主語	備 註
出	晉侯穌鐘					△奔	西晚厲	外敵	不及物動詞
奔	晉侯穌鐘					出△	西晚厲	外敵	不及物動詞
敗	冉征鍼				勿（否定副詞）		戰早	（王臣）	不及物動詞

（1）動賓結構

戰敗類動詞有「出」、「奔」、「敗」3個，俱為不及物動詞。「敗」字用於〈冉征鍼〉：「勿喪勿敗」，是作器者自勉語，「勿敗」或可視為為「勿敗師」之省，即「勿使師敗」，唯「敗」字作動詞用兩周僅見此例，依本文判斷標準，則入於不及物動詞之列。

（2）連動結構

僅見於〈晉侯穌鐘〉之「出奔」一詞。

（3）狀語成分

〈冉征鍼〉：「勿喪勿敗」，「勿」為否定副詞。

四、班返類

班返類	器 名	對象賓語	介賓補語	省賓	其前修飾	連動	時代王系·國別	施事主語	備 註
班	敔簋						西晚厲	（王臣）	不及物動詞
歸	矕方鼎		于周廟			△鄉	西早成	王臣	不及物動詞
	小臣謎簋		才牧師			復△	孛（王臣）	西早昭	
	鴞叔鼎				唯（語助詞）		西早昭	（王臣）	
	晉侯穌鐘		才成周		唯（語助詞）	反△	西晚厲	王	
	不嬰簋					來△獻	西晚宣	余（王臣）	

班返類	器　名	對象賓語	介賓補語	省賓	其前修飾	連動	時代王系・國別	施事主語	備　註
反(返)	晉侯穌鐘		才成周		唯(語助詞)	△歸	西晚厲	王	不及物動詞
還	呂行壺				唯(語助詞)		西早昭	(王臣)	不及物動詞
	鄂侯馭方鼎		自征		唯(語助詞)		西晚厲	(王)	
復	小臣謎簋		才牧師			△歸	西早昭	乎(王臣)	不及物動詞
整	晉侯穌鐘	師					西晚厲	公族	及物動詞

（1）介賓補語

班返類的班、歸、反(返)、還、復、整等 6 個動詞，除「整」字之外，其餘皆爲不及物動詞，以「S＋V＋介（于、自、才）＋N」爲標準句型，動詞之後以「介詞＋處所名詞」形成介詞短語表班返所至的地點。表振旅義的「整」字其後所接爲對象賓語「師」。

（2）連動結構

除班、還兩字外，餘例歸、反(返)、復每與其他班返類動詞連用，如「復歸」、「反(返)歸」等，另有與趨向詞「來歸」結合者。此外，捷勝而歸後又每行告捷禮，故有與祭祀動詞結合者，如「歸獻」、「歸馘」等。

（3）狀語成分

語助詞：唯（5）。

五、安協類

安協類	器　名	對象賓語	介賓補語	省賓	其前修飾	連動	時代王系・國別	施事主語	備註
燮	晉公盆	萬邦				柔△	春晚・晉	(侯王)	
	秦公鎛	百邦				柔△	春晚・秦	(侯王)	
褢(懷)	毛公鼎	不廷方			率(語助詞)		西晚宣	(王)	
	逨盤	不廷方			方(語助詞)		西晚宣	(王)	
酄(柔)	秦公鎛	百邦				△燮	春晚・秦	(侯王)	
珇(柔)	晉公盆	萬邦				△燮	春晚・晉	(侯王)	
戣(舒)	晉公盆	迲					春晚・晉	(侯王)	

（1）動賓結構

安協類 5 個動詞：燮、褢(懷)、酄(柔)珇(柔)、戣(舒)用於西周晚期至春

秋時期，具明顯時代性，並常與固定字詞結合形成熟語，詞組結構穩定，鮮少變化。4 字俱爲及物動詞，安協行爲的發出者在西周時期爲周王，春秋時期則爲列國侯王，安協的對象多爲泛指。

（2）連動結構

除「褱」（懷）、「戲」（舒）字外，餘例皆見連動詞組，如「抑燮」、「柔燮」等。

（3）狀語成分

僅見語助詞「率」、「方」居於「褱」（懷）字之前。

第三節　語法結構小結

　　本章一、二節討論了軍事動詞在分句中的相關語法成分，包括動賓結構、介賓結構、連動結構及狀語成分。本章依軍事動詞之後能否直接帶賓語做爲區分及物動詞與不及物動詞的判斷標準，經分析，兩周金文軍事動詞以及物動詞居多，及物動詞每以「S＋V＋O」爲基本句型，動詞之後皆爲單賓結構，受事賓語成分單純，皆爲動作施及的對象或處所。不及物動詞後若接名詞，則必爲處所補語，該處所補語由介詞引介，以「介賓」形式構成一動補結構，這樣的用例僅見於巡查類、侵犯類及少部分攻擊類動詞中，此乃因這些動詞基於句意完整的需要，有必要標明處所，據此知兩周金文軍事動詞中的不及物動詞帶「介賓」補語與否，可完全依詞義進行判斷。以下以簡表方式羅列金文軍事動詞之賓語成分、介詞成分、狀語成分特性：

表一：動賓關係及賓語分類總表

賓語分類	動賓關係	動賓意義	動　詞　字　例	
處所賓語	施事主語‧動‧處所賓語	表示動作有關的處所	巡查類	望、遹、貫、行
			組織類	師（次）、師（次）
			行軍類	徹（徂）
			出發類	來、之、即
			防禦類	處、戍、御（禦）
			攻擊類	伐、戲（撲）、戤（捷）、征、入、內、圍、舀（陷）

賓語分類	動賓關係	動賓意義	動　詞　字　例	
受事賓語	施事主語・動・受事賓語	賓語表動作支配的對象	使令類	令(命)、遣
對象賓語	施事主語・動・對象賓語	賓語表示動作施及的對象	巡查類	望、遹、監
			組織類	正(整)、羿(振)、會、比、同、興、用、被(披)、率、以
			行軍類	往、逆、從
			出發類	出、于、各、來
			侵犯類	叔(迣)
			防禦類	吾(衛)、衛、扞(捍)、害(衛)、攻(捍)、戒、御(禦)、戲(擋)
			攻擊類	戠、伐、戣(撲)、戜(捷)、栽(誅)、聮(襲)、殳、殺、支、臺(敦)、攻、敵、散、印(抑)、搏、達(撻)、追、逐、征、鄾(襲)、靖(靖)、兼、并(併)、鍰(鎮)
			覆滅類	質、覆、盜、狄(剔)、刺、䐣(墮)、鬥、滅、喪、勝
			救援類	救、復
			戰果類	俘獲	折、取、奪、啟、孚(俘)、隻(獲)、執、孚(捋)、戜(捷)
				戰勝	敗、賢、克、又、戈、上(攘)
			班返類	整
			安協類	變、褱(懷)、顏(柔)、珇(柔)、酛(舒)
工具賓語	施事主語・動・工具賓語	賓語表示賴以實現的工具或材料	組織類	遣、率、以

在賓語成分方面，處所賓語多為名詞，偶以方位詞表示者，如「即東」、「徹(徂)朔方」等。對象賓語、工具賓語則俱為名詞。

表二：動補結構之介詞成分及用例

動　補　關　係	介詞用例	軍　事　動　詞　字　例	
表動作行為從何處開始或源自何處	自	巡查類	省、獸(狩)
		班返類	還

動　補　關　係	介詞用例	軍　事　動　詞　字　例	
表動作行爲在何處發生或進行	于	巡查類	獸（狩）、述、師（次）、會
		防禦類	處、戍、御（禦）
		攻擊類	戠（捷）、搏、劋（襲）
	在	組織類	師（次）
		防禦類	戍
表動作行爲到達何處（動作行爲的終點）	于	出發類	出
		侵犯類	出
		攻擊類	羞、追
		班返類	歸
	在	班返類	歸、反（返）、復

　　兩周金文軍事動詞若以「介賓」形式引進與動作行爲有關的處所，介賓補語作爲軍事動詞之處所補語，表示動作行爲在某處發生或進行。介詞所引進的處所又可依文義細分爲表動作所源之處、動作發生處及動作到達處。其中「于」字是出現頻率最高的介詞，其次爲「在」，其次爲「自」，周金用以引進行爲處所的介詞俱見於甲文及傳世先秦典籍。〔註9〕「自」字例如：《前》3.20.1：「雨自東」。《詩・大雅・緜》：「自西徂東，周爰執事」等。「于」字例如：《詩・王風・君子于役》：「雞棲于塒，日之夕矣」。「在」字例如：《寧》1.346：「今日告其步于父丁，一牛，在祭卜」。《左傳・昭公二十三年》：「古者天子守在四夷」等。

　　再從「自」、「于」、「在」三個介詞本身的詞義特性來看，「自」表"從"義，其前與「省」、「獸」（狩）、「還」三動詞有密切關係，「自・賓」表示動作行爲的起點或來源，俱出現於動詞之後。「于」表"在"義時，主要用法是引進處所，表示動作行爲在何處發生，「于・賓」俱位於動詞之後。「在」字常見於甲、金文中，自古至今沿用不衰且日益發展，成爲表示"在何處"的主要介詞。「在・賓」多位於動詞之後，偶見位於動詞之前者，如〈中甗〉（949，西周早期，昭王）：「在霝（鄂）師師（次）」。「于」、「在」用於動詞之後表示動作行爲之終點者，亦即動作行爲到達何處，則此時的「于」、「在」表"到"義。

〔註9〕楊伯峻、何樂士：《古漢語語法及其發展》（上），頁 415、417、422。

表三：狀語成分及其用例

狀語成分		狀語字例	狀語＋動詞用例
副　詞	時間副詞	先、既、卒、肇、方、故、初、今	先省、先會、先行、先敆、先內、既靜(靖)、既圍、既克、既𢦏、卒搏、卒復、卒孚(俘)、肇省、肇令、方狄(剔)、故喪、初各、今搏
	程度副詞	大、違、遠、多、𡩜	大省、大同、方興、大反、大出、亟伐、大𦎫(敦)、大搏、大上(攘)、違省、遠省、多禽(擒)、𡩜敓(奪)
	狀態副詞	親、潛、凡、徹	親遹、親令、親率、親逆、潛征、凡興、徹率
	範圍副詞	廣、咸、周、盡	廣伐、廣𢾸、咸又(有)、咸𢦏、周伐、盡并兼
	連接副詞	誕、迺、遂	誕令、誕正(整)、迺、迺遣、遂逐
	否定副詞	勿	勿喪、勿敗
	判斷副詞	或	或搏
助動詞	情志助動詞	敢	敢御(禦)、敢伐、敢搏、敢臽(陷)
	能願助動詞	克	克伐、克狄(剔)
語　助　詞		唯、且、其、肇、率、方	唯貫、唯歸、唯反(返)、唯還、且以、其以、肇伐、率褱(懷)、方褱(懷)
介　　詞		以、用	以迮、以𩛥、以戒、以戠(擋)、以伐、以𢦔(誅)、以征、以靜(靖)、以隻(獲)、用征、用𨊠(捍)
方　位　詞		西、南、左、右、東、北	西行、西追、南征、東識、北征、左比、右比
連　　詞		以	以搏、以追
形　容　詞		軼	軼追
數　　詞		四	四行

兩周金文軍事動詞前的狀語成分豐富，計有副詞、助動詞、語助詞、介詞、連詞、形容詞、數詞等 7 種成分，主要起修飾及限定作用，在 7 類狀語成分裡，尤以副詞數量最大，可依副詞意義區分爲表時間、程度、狀態、範圍、連接、否定、疑問、判斷等 8 種，其中時間副詞還可再細分爲表動作發生的時間在過去或現在等。

第四節　語義結構分析

在第三、四、五章裡，我們針對兩周金文軍事動詞進行了分類彙釋，分類的基礎在於依戰爭時程區分各動詞的詞義，共分五大類 18 小項。某些動詞因為義項的不同而重出於其他類項裡，如「出」字可用指軍隊出動（敵／我），也可用指軍隊奔逃，故分置於「發動戰事」類下的出發、侵犯項，以及「戰果」類勝敗項下的戰敗項。在第六章第一、二節則就分類彙釋的結果，對 123 個動詞的 134 種用法進行語法形式分析和描述。前面章節的討論主要偏重於單一動詞的詞義內容及表現形式，故討論的結果能凸顯諸動詞的語法現象及語用特性，卻不利於看出與軍事動詞之行為發出者、攻擊對象、攻擊時間、戰爭場域等語義關係，也無法揭示其表示方式和相對位置。在結合句法、語義和語用的三個平面理論中，語義平面的確立是語法範疇的重要一項：

> 任何語法範疇都是由一定的語法形式和相應的語法意義相結合而構成的，都和一定的語義內容有聯繫。……從語義著手去尋找相應的句法組合可能性或分布特徵，是確立新的語法範疇的有效方法，特別是在顯性語法形式不發達的非形態語言中。〔註10〕

在三個平面理論中，語義平面指的是對句子進行語義分析，以謂賓分句為例，則謂語與賓語之間的語義關係，就有施事、受事、客體、工具、處所和時間等，簡單而言，就是動詞跟其他名詞短語、介詞短語在語義上的關係，這些語義角色可以稱為動詞的論元（argument）。〔註11〕

本章乃以軍事動詞為命辭的中心，討論與該軍事動詞發生各種語義關係的論元：原因（軍事行為的發生原因）、施事者、指涉對象、空間（軍事活動場域）、時間（軍事活動時間）等，探討各論元的意義和表現形式，以及各論元的相對

〔註10〕 胡明揚，〈語義語法範疇〉，《漢語學習》1994 年第 1 期，頁 2～3。

〔註11〕 「論元」理論的提出源起於化學中「價」的概念。最初在化學中提出「價」的概念，是為了說明在分子結構中各元素原子數目間的比例關係，如水分子式（H_2O）是一個氧原子與兩個氫原子結合，所以氧的原子價是二價。法國語言學家 Lucien Tesniere 首將化學中「價」的概念引入語法研究中，用以說明一個動詞能支配多少種不同性質的名詞性詞語，這就是著名的「動詞配價理論」，又稱為「論元」（邏輯學中的述謂結構理論），或稱為「動元」，由范曉提出，參〈動詞的價分類〉，《語法研究和探索‧五》（北京：語文出版社，1991 年）。

位置。這是對上述二章研究的綜合，試圖全面地研究軍事動詞和其他成分所形成的語義結構，以期對軍事動詞的表現形式進行全面理解。

一、軍事行爲的發生原因

（一）原因的分類

軍事行爲的發生原因可分兩大類：戰備（前）部署與戰爭攻擊。戰備部署者不直涉某場戰役，而是屬於長期軍事準備行動。一般而言，出現在「先備工作」類與「安撫」類中的動詞多非直涉某次戰役，而是描述周王室軍隊在平時的各項軍事活動，包括巡察監撫、修築戰道、設建指揮所等，由於這些軍事行爲本身就具有備戰的積極目的，故在銘文裡很少再針對相關動作的發生原因進行說明。以下就銘文中有明確提及原因者舉例說明：

1. 戰備部署：巡省、貫道

「先備工作」類動詞中，述明巡省、貫道之因的動詞只有「省」和「貫」兩個，所屬文例亦不多，如：

例 1.

> 正月，王在成周，<u>王达于楚麓</u>，令小臣夌先省楚**应**（居）。（〈小臣夌鼎〉，2775，西周早期，昭王）

小臣夌前往楚地巡視昭王南行的道路與居所，爲其南行做準備。

例 2.

> <u>隹王令南宮伐反虎方之年</u>，王令中先省南或（國）貫行。（〈中方鼎〉，
>
> （二）（三）2751、52 二器同銘，西周早期，昭王十七年）

中省道及貫行是爲了昭王伐虎方做準備。

2. 發動戰事，開戰之因

西周王朝歷代對四方的征伐典籍常見，尤以武王伐紂、周公攻滅東夷、及昭王南征所記最詳，唯這些由王室主導的戰爭在銘文裡多不見對戰因的描述，銘文所載開戰之因有下列四種：

（1）踐同盟之約，鞏固王位

> 窐（往）玫（捍）庶戲（盟），台（以）祗（底）光朕立（位）」。（〈者汈鐘〉，
>
> 126，戰國早期，越）

（2）荒服叛亂

例 1.

王若曰：「師袁，戛！淮尸（夷）繇（舊）我員（帛）晦臣，今敢博（搏）氒
眾，叚反氒工吏，弗速（蹟）我東郰（國）。今余肇令女（汝）達（率）齊
帀（師），晃（紀）、贅（萊）、僰眉，左右虎臣正（征）淮尸（夷），即質
氒邦獸（酋）……」（〈師袁簋〉，4313、14，西周晚期）

例 2.

王令戜曰：「𫲩！淮尸（夷）敢伐内國，女（汝）其以成周師氏戍于古（珇）
師」。伯雍父蔑戜曆，賜貝十朋。（〈戜卣〉，5419，西周中期，穆
王）

（3）掠奪人牲以為祭品

楚公逆出求人，用祀三（四）方首，休，多禽（擒）。（〈楚公逆編鐘〉，
《新收》891～896，西周晚宣王時期，楚）

（4）外敵來犯

①東土：商、淮夷

武王克商後，分居周王室東南方的淮夷成為周朝的最大憂患，西周軍事銘
文屢見周王室與淮夷間的往來征伐。隨著戰爭情勢的推展，周王室與東夷的敵
我關係也隨之改變，東夷諸國或被周王室吸納成為重要的軍賦、貢納支援者，
但其與周既無血緣關係，又需貢納糧秣輜重，故對周王時服時叛，爾後某部分
流亡之東夷部族被淮河流域中下游一帶的南夷吸收，在脫離周王室掌控後互相
結盟，群起反抗周王室，其軍勢甚至一度壯大直逼周國都，遂成為西周晚期國
土安全的一大威脅。在銘文中，這批東土勢力有淮夷、南夷、南淮夷、東夷、
南國戾子等不同稱呼，或逕以方國名稱之，如虎方、昏國等。如：

例 1.

南或（國）戾子敢臽（陷）處我土。王章（敦）伐其至，戜（撲）伐氒都。
（〈戜鐘〉，260，西周晚期，厲王）

例 2.

用昏無殳，廣伐南或（國）。今女（汝）𪉑（其）率蔡侯左至于昏邑。（《文
物》2006 年第五期）

②西土：玁狁

玁狁屬西羌，本居西部瓜州之地，屬西方民族，文獻中異名甚多，又名犬戎、姜氏戎等，在銘文中則又稱爲「戎」。西周中期以後，玁狁逐漸由西向東侵入，到達敦煌、酒泉地區後又繼續東移至甘陝境內，最終與周人構難。〔註12〕周人與玁狁之間的戰爭傳世典籍如《詩・小雅》〈采薇〉：「不遑啓居，玁狁之故」、〈出車〉：「赫赫南仲，玁狁于襄」、〈六月〉：「玁狁孔熾，我是用急」、〈采芑〉：「征伐玁狁，蠻荊來盛」等多有描述，西周晚期厲、宣時器亦常見載，透過對銘文相關地名的考定，得知玁狁入侵、周人追擊的路線主要在涇河流域和涇洛之間，當時玁狁位置應該在豐鎬西北的甘肅、寧夏一帶，並延及陝北。〔註13〕玁狁來犯是西周晚期最嚴重的軍事威脅，周朝爲了保護自己統治的界域不得不屢加抗擊，與服周的淮夷因周朝的壓迫所激起的反抗有所不同。〔註14〕

例 1.

唯十月，用嚴（玁）㺢（狁）放（方）㒸（興），實（廣）伐京𠂤（師），告追于王。（〈多友鼎〉，2835，西周晚期，厲王）

例 2.

馭方嚴允（玁狁）廣伐西俞（隅），王令我羞追于西，余來歸獻禽。（〈不𡗷簋〉，4328（器）、4329（蓋），西周晚期，宣王）

（二）原因的表現形式及位置

軍事動作的原因皆以主謂短語爲表現形式，有時以數個主謂短語構成一個句意完整而獨立的小段落，如〈師簑簋〉：「淮尸（夷）繇（舊）我貟（帛）晦臣，今敢博（搏）厥眾，叚反厥工吏，弗速（蹟）我東國（國）」等。一般而言，詳述戰爭原因的銘文多屬外敵來犯者，此時周王室出兵乃屬禦敵而戰，這些表原因的短語在銘文中的措置有著明顯的時間區別。如西周中期的〈史密簋〉先云王下征

〔註12〕斯維至，〈從周原出土蚌雕人頭像談玁狁文化的一些問題〉，《歷史研究》1996 年第 1 期。相關討論可參彭裕商的整理，見〈周伐玁狁及相關問題〉，《歷史研究》2004 年第 3 期，頁 4。

〔註13〕參何樹環：《西周對外經略研究》，頁 214。

〔註14〕參李學勤，〈兮甲盤與駒父盨——論西周末年周朝與淮夷的關係〉，《新出青銅器銘研究》，頁 138～145。

令：「王令師俗、史密曰：『東征，敆南夷』」，後云戰因：「盧虎會杞夷、舟夷，
葦（觀），不斯（質），廣伐南國」。西周晚期的戰因則每置於軍事動詞所在分句之
前，並常居於文首位置，如〈應侯見工鼎〉：「南淮夷丰，敢乍非良，廣伐南國，
王令應侯見工曰：『征伐丰』……我多孚戎」，此等先敘事因再述經過與結果的
謀篇方式，較之上例，更具因果章法，細觀〈師袁簋〉，首二句「今」、「舊」對
言，則是在因果章法中又包孕了「今昔法」。〔註15〕

二、軍事行為的指涉對象

除少數個例外，兩周金文之軍事動詞所在分句多為主謂賓結構，故軍事動
作必有其指涉對象，依動作行為內容的不同，其指涉對象可分為 7 類，略論於
次：

（一）對象的分類

1. 周王臣屬百姓

軍事動作中，凡是周王下令巡省、組織、行軍的受令對象，多為周王臣屬，
這些人接受周王命令之後，進行巡省、組織、行軍、攻擊等軍事行為，故凡「令」
（命）、「遣」所在語句皆為兼語句。在軍事銘文中，受事對象為周王臣屬百姓
者，具有職務分布廣泛的現象，如太師太保、諸侯、王臣、將領、公族、師旅
（戎車）等，皆為發布命令、組織、巡省的對象。由於西周時期已備具規模的
軍事指揮系統，周王能有效統攝王軍及諸侯族師，並能傳遞軍令，授權王臣將
領率軍，則戰鬥隊伍的組成發展為多兵種、多單元的配置。

在表現形式上，銘文中提及的周王臣屬有不加職銜者，如〈中甗〉：「王令
中先省南國貫行」。亦有冠以職銜者，如〈小臣夌鼎〉：「令小臣夌先省楚居」、
〈史密簋〉：「王令師俗、史密曰：『東征，敆南夷』」等。若為護衛的對象，則
受事者可以是個人，如〈班簋〉：「衛父身」之「父」指毛父。在救援、俘獲類
動詞裡，則見有以周軍奪回之周朝百姓為對象賓語者，如〈多友鼎〉：「復奪京
師之俘」。從侵擾者的角度來看，攻擊的對象則為周王室，在這類軍事銘文中
由於敘述角度的關係，受事賓語「周」常省略，如〈陵貯簋〉：「隹巢來迮」
等。

〔註15〕參陳滿銘：《篇章結構學》（臺北：萬卷樓圖書公司，2005 年），頁 24。

2. 軍事同盟

軍事同盟的對象大者指同盟邦國，小者指族軍各路師旅，前者如〈史密簋〉：「虘虎會杞尸（夷）、舟尸（夷）」、〈者汈鐘〉：「往捍庶盟」；後者如〈班簋〉：「以乃師左比毛父」。

3. 國屬領土城邑

這類受事對象在西周時期，指包含邊服外族、諸侯封地、城邑、農牧地、河道及周道等周之管轄範圍，為周之領土，是周王下令巡查、保衛戍守的對象多見於巡查類、防禦類及攻擊類動詞，如〈大盂鼎〉：「我其遹省先王受民受疆土」、〈中甗〉：「伯買父以钅人戍漢、州、中」、〈晉侯穌鐘〉：「王親遹省東國、南國」、〈克鐘〉：「王親令克遹涇東至于京師」。在攻擊類動詞中，少數動詞之後以「介賓」形式帶出敵軍攻入的地方，如〈蓍簋〉：「馭戎大出于楷」等。在東周時期，則所戍守、抵禦外犯的地方，為各國領地，如〈冉鉦鍼〉：「處此南疆」。

4. 敵國君臣百姓

西周時期發動軍事攻擊的對象從周王室本位來看，大致有殷商、叛周的東南夷、侵擾西土的獫狁以及位於西周時期南方的楚荊等四大邊患，多以國族為其稱謂，或舉敵軍以為對象，亦偶見明指擊擒邦首者，如〈史牆盤〉：「弋殷」、〈鄂君啓車節〉：「敗晉師」、〈攻吳王壽夢之子劇𩵋鄁劍〉：「攴（擊）七邦君」、〈師袁簋〉：「質钅邦酋」等。又有細指敵國勇士者，如〈攻敔王光劍〉：「以戟（擋）勇人」。

東周時期兩國交戰，則攻擊的對象就是另一交戰國，如〈驫羌鐘〉：「征秦迮齊」、〈中山王嚳鼎〉：「覆吳」。另一方面，服周的東南夷亦為西周兵源之一，如〈鄂侯馭方鼎〉：「王南征，伐角、鄩，唯還自征，才矿。噩（鄂）侯駿（馭）方內（納）豊（醴）于王，乃裸之。」但因叛服無常，故不能成為可穩定依靠的兵源，如〈禹鼎〉：「唯鄂侯馭方率南淮夷、東夷廣伐南國東國」。

5. 敵國城邑

如〈晉侯穌鐘〉：「窺令晉侯穌自西北遇（隅）章（敦）伐𩵋甗（城）」、〈晉公盆〉：「攻虢都」。〈驫羌鐘〉：「入長城」。

6. 不廷不淑者

在某些軍事銘文中，攻擊的對象未明指，而以形容詞組構成具道德意識之

短語代之，如〈中山王𰯄方壺〉：「栽(誅)<u>不順</u>」、〈逨盤〉：「狄(剔)<u>不享</u>」、〈晉公盆〉：「<u>制暴</u>」、〈秦公鎛〉：「<u>鋃(鎮)不廷</u>」。

7. 工具物品

對象賓語屬工具物品者，可細分成軍用品及戰獲物品者，前者如〈宜侯夨簋〉：「王省武王成王伐商<u>圖</u>，征(誕)省東國<u>圖</u>」、〈敔簋〉：「南淮夷<u>遷夋</u>」、或〈禹鼎〉：「武公迺遣禹率<u>公戎車百乘</u>」。戰獲物品見「戰果」類的「俘獲」項，所得之戰獲物品有金、馬、車、牛、人、貝、兵器（金胄、戈）等。

（二）對象的表現形式及位置

兩周金文軍事行為的對象，簡言之即其對象賓語，可由名詞性詞語、動詞性詞語、主謂短語形式構成。漢語中的賓語位置多放在動詞之後，〔註 16〕兩周金文軍事行為的對象亦不脫此原則，皆置於動詞之後。

1. 由名詞性詞語構成

軍事動作的對象常以名詞表示，表現形式多樣，如：

（1）由名詞構成的詞語：這是最常見的形式，如「邦」、「齊」、「萊」、「夋」、「玁狁」、「人方」等。

（2）偏正結構之名詞性詞語：此結構亦多見，如「殷八師」、「南行」、「成師」、「東夷」等。

（3）定中結構之名詞性詞語：如〈子犯編鐘〉：「率<u>西之六師</u>」、〈中山王𰯄鼎〉：「率<u>三軍之眾</u>」、〈不嬰簋〉：「以<u>我車</u>」等。

（4）狀中結構之名詞性詞語：如〈旅鼎〉：「來<u>反夷</u>」、〈𪔚鼎〉：「戠(捷)<u>東反夷</u>」等。

（5）同位短語構成：如〈大保簋〉：「王伐<u>彔子耴(聖)</u>」。

（6）由代詞性構成：如〈姑發臀反劍〉：「御(禦)<u>余</u>」、〈戎生編鐘〉：「𠂤<u>吉金</u>」。

（7）由名詞性聯合短語構成：如〈四十二年逨鼎〉：「孚(俘)<u>器、車馬</u>」、〈師同鼎〉：「孚(捋)<u>戎金胄卅、戎鼎廿、鋪五十、鐱(劍)廿</u>」。

〔註16〕漢語裡亦有賓語前置於動詞之例，在西周漢語裡（包含傳世典籍及出土文獻）亦可見到，參張玉金：《西周漢語語法研究》，頁 235 所例舉。但在軍事銘文裡，未見有賓語前置之例。

2. 由動詞性詞語構成

以動詞爲中心語的狀中結構：如〈逨盤〉：「狄（剔）<u>不享</u>」、〈秦公鎛〉：「鋠（鎭）<u>不廷</u>」、〈中山王嚳方壺〉：「戕（誅）<u>不順</u>」等。

3. 由主謂短語構成

見於〈大盂鼎〉：「遹省<u>王受民受疆土</u>」。

三、軍事行爲的施事者

兩周金文軍事行爲的施事者，即軍事動詞所在句子的主語，在內容及表現形式上，和上節所舉軍事行爲的對象相比，顯得更爲簡略，多爲名詞性成分，如〈大保簋〉：「<u>王</u>伐彔子耵（聖）」、〈㝬鐘〉：「<u>南國服子</u>敢陷處我土」。偶見以代詞示之者，如〈姑發胃反劍〉：「<u>余</u>處江之陽」、〈大保簋〉：「<u>彔</u>反（叛）」。更常見承上省略者，如〈者汈鐘〉：「<u>者（諸）汈（咎）</u>，女（汝）亦虔秉不湮（汩：墜）惠（德），……窒（往）孜（捍）庶戲（盟）」，「往捍」之前的施事主語「者汈」承上省略。春秋中期晉器〈子犯編鐘〉裡，施事主語爲「<u>子犯及晉公率西之六師</u>」，乃以主謂結構爲主語，是比較複雜的形式。

在身分別上，在施事者身分（內容）上，本論文以詞義內容區分軍事行爲，則各軍事行爲因其主要詞義內容的不同，而在施事主語上有所區別。西周時期「禮樂征伐自天子出」，周天子是當時的最高統治者，掌握最高軍權，既能親率軍隊征戰，亦親掌軍隊組建與整頓，〔註17〕並親命軍隊統帥與武官、以及在不親征時命將統軍征戰；除此之外，更握有對諸侯國軍隊的徵調權。因此，西周王朝具有完整而嚴密的軍事領導系統，能有效統領軍隊的各級武官，並在諸侯國設有監軍（如〈善鼎〉所載）。在軍隊構成方面，則有周天子直接掌握的王室軍隊（西六師、殷八師、成周八師、禁衛軍），以及等級分封制下受封的同姓和異姓諸侯國之軍隊（如晉師、某師）。據此，站在周王室的立場來看，則我方出擊的軍事行爲施事者乃以周王、王臣、王軍、諸侯軍隊爲主。若爲外敵侵犯，則施事者爲外敵，西周時期四方之國皆曾與周交戰，戰事於西周晚期烈熾，正如《國語·鄭語》所載：「是非王之支子母弟甥舅也，則皆蠻、夷、戎、狄之人也，非親則頑」。這些「非親則頑」而在周四方犬牙差互地錯雜存在的國家，就

〔註17〕前者典籍及銘文常見，後者如《史記·周本紀》及《國語·周語上》同載：「宣王既喪南國之師，乃料民于太原」。

是當時最主要的侵犯者。至於東周時期，周王室漸已衰微，列國爭雄，則常見王儲領兵出戰例。

（一）先備工作類

1.巡省項動詞

施事主語周王、王臣所佔各半。

2.使令項動詞

施事者以王居多，偶見王臣受王令後，再傳遞命令予下屬者。

3.組織項動詞

施事主語則多為王臣，這是因為各項戰備組織的動員、協調、訓練、指揮等皆由王臣將帥來執行，以時王為施事主語者，僅見於具振整義的「正（整）」、「屖（振）」及「價」，指王考核、振整及督率士兵，例〈師遽簋蓋〉：「王征（誕）正（整）師氏」、〈中觶〉：「王大省公族于庚（唐），屖（振）旅」、〈晉侯穌鐘〉：「王價（督）往」。

4.行軍項動詞

該類動詞共 6 例，其中有二例施事主語承上省略，主語為王臣者有 4、王者 1、王儲 1。

（二）發動戰事類

整體而言，實際執行戰爭行為的施事主語以王臣最多，尤以西周晚期為最，這是由於戰事規模擴大，戰鬥方式複雜化的結果，早期君王兼任作戰指揮的情況已不能滿足爭戰頻繁，戰務複雜化的需求，故出現了參謀人員齊全的司令系統，同時，有謀略的軍略研究要求也被提出，例如〈禹鼎〉：「于將朕肅謨」。

1.出發項動詞

西周早期施事者多為時王，西周晚期出現邊服國王及王臣，在春秋時期則為列國王儲。

2.侵犯項動詞

西周時期的施事主語皆為外敵國名，偶指稱敵首，如「〈大保簋〉：王伐彔子耴（聖），叡！氒反（叛）」代詞「氒」指彔子聖，是受周封以子爵的彔國國君。

東周時期則凡外敵侵犯者，施事主語爲外敵國名，若爲我侵犯他國，則以王臣爲施事主語。

3. 防禦項動詞

春秋晚期〈叔夷鐘〉於銘文中數典成湯受天命削伐夏的統治，能「咸有九州，處禹之土」句中，「處」字之前省略的施事主語指「成湯」，其身分爲商王；另一例爲戰國吳器〈攻敔王光劍〉：「以戲（擋）勇人」之施事主語爲「吳王」，餘15例中，有13例爲王臣，2例爲外敵。

4. 攻擊項動詞

西周時期以王臣最爲常見，約佔八成，東周時期則最常見王儲領軍攻擊敵人。其他的施事主語亦有外敵、敵邦首等，集中見於「伐」字例，「搏」、「從」、「陷」則各見一例。

5. 覆滅項動詞

施事主語常見省略，可由上文補出。其中王7見，王臣11見，商1見，楚刑1見。

6. 救援類動詞

共6例，西周晚期4例之施事主語爲王臣，皆承上省略。東周時期2例的施事主語皆爲同盟國軍。

（三）戰果類

1. 俘獲項動詞

共103條文例，其中僅戰國晚期的〈楚王酓忑鼎〉（盤）中云「楚王酓忑戰隻（獲）兵銅」、〈燕王職壺〉云：「唯燕王職……滅齊之獲」，其施事主語皆爲王。另〈晉姜鼎〉云：「劼遣我……取卲吉金」，施事主語晉姜爲「侯后」，餘例施事主語皆爲王臣，此乃因王臣是獲派出征的將領，故必然爲俘獲物之施事主語，並每見承上省略。

2. 勝敗項動詞

（1）戰　勝

16條文例中，西周早期6例，施事主語爲王臣者2，爲時王有4，其中武王佔3，成王佔4，所云皆與爲克商之事，與西周早期東征戰役多爲時王領兵親

征有關。西周中期則王臣 2，時王 1。春秋 4 例中，王臣 2，王儲 1，王 2。在春秋中期晉器〈子犯編鐘〉裡，施事主語為「子犯及晉公率西之六師」，乃以主謂結構為主語，是比較複雜的形式。

（2）戰　敗

基於語境，所戰敗出逃者為外敵，如〈晉侯穌鐘〉：「夷出奔」。

（四）班返類

在班返類 10 條文例中，以時王為施事主語者，見於〈晉侯穌鐘〉：「王隹反（返）歸在成周」及〈鄂侯馭方鼎〉：「王南征……唯還自征」，皆為屬王時器。餘例之施事主語皆為王臣。

（五）安協類

安協類行為共 7 條文例，西周晚期 2，皆為宣王緬懷先祖武王、康王「褱（懷）不廷方」的功業。餘 5 條文例見於春秋時期，除〈曾伯霥簠蓋〉為王臣自云「印（抑）燮繁陽」外，餘例皆為列國之王自敘功業語。

四、軍事行動的空間

討論兩周軍事銘文中的空間，主要是談軍事行動之空間場域，透過這些軍事活動的發生場所，可揭示當時政治、外交、戰事的聚焦地點，整體來看，周代在戰略上對東南採取攻勢，對西北採取守勢，故與東南諸國的戰爭多為主動進攻，進攻之由多為獲取納貢緇重，是以經濟為主的戰爭。對西北諸國的戰爭則多為被動迎戰，是保衛領土的戰爭，在西周晚期的西北戰爭裡，一次戰役裡往往包含多次戰鬥，隨著戰程的拉長，戰地的推遠，戰況每見慘烈，死傷人數甚眾。

（一）空間的分類 〔註18〕

1. 方　國

方國的概念有二，一指臣服於周的邊境方國，基於地緣關係，常是外族侵周的入攻地點，這些邊服亦常叛周，故而為周王巡省及按撫鎮壓的目標。如〈菁簋〉：「馭戎大出于楷」、商器〈小子𥂭卣〉：「令𠷎人方雺」、〈中甗〉：「王令中先

〔註18〕為便於描述，本節銘文多採寬隸。

省南國貫行」。二指來犯國，在戰國時則指相互攻打的列國，通常在這類銘文的分句中，會出現有領率詞及趨向詞，表述驅軍前往某國攻打，如〈禹鼎〉：「禹以武公徒馭至于鄂」、〈屭羌鐘〉：「徹率征秦迮齊」。

2. 王畿都城

包含都邑與城門。如〈多友鼎〉：「廣伐京師」、〈柞伯鼎〉：「今汝其率蔡侯左至於昏邑」。有時泛指，如〈晉公盆〉：「攻虩（郤）都」、〈柞伯鼎〉：「既圍城」、〈庚壺〉：「入門」、〈屭羌鐘〉：「入長城」。

3. 四　方

銘文中的四方可分兩種，一是以周王室行政中心爲中心點自東、南、西、北輻輳所及之處，這是周時巡省、貫道、軍行所及之處。如〈臣卿鼎〉：「公違省自東」、〈梁十九年鼎〉：「徂省朔方」、〈冉鉦鋮〉：「余處此南疆」。二是指發動攻擊的方向，如〈不嬰簋〉：「羞追于西」，此時的方位詞可置於動詞之前，如〈呂行壺〉：「白懋父北征」、〈小子生尊〉：「隹王南征」、〈多友鼎〉：「多友西追」等。無論是巡省還是攻擊的方向，四方俱現。唯西周早期多見南巡例，西周晚期多見西驅玁狁例。

4. 駐蹕所

卜辭及金文稱王室的師旅爲「師」，其軍隊駐紮的駐蹕所通稱爲「某師」，是軍隊常駐的固定營地，「師」前一字即是原有地名，有時「師」字省略，如〈彔卣〉：「戍于玴」、〈臤尊〉：「于玴師」。後軍隊因固定舍止屯駐某地而得其師旅名，如「西六師」因屯駐於四土的都城豐鎬而得名，「殷八師」因屯駐於殷（衛）而得名。〔註19〕

5. 道　路

武王克商後，周人爲配合武裝殖民而修築東進與南向的道路，其路線行經東南主要封國，這二條具政治與軍事性的道路稱爲「周道」。〔註20〕相較於東道

〔註19〕參楊寬：《西周史》，頁413。

〔註20〕參錢穆：《國史大綱》（臺北：臺灣商務印書館，2002年），頁45～46。雷晉豪：《「周道」：封建時代的官道》，頁45。另兩周銘文未見針對東進道路之稱名，學界多由周王軍威所能涵蓋的最遠東緣，從而串連路途中具軍事合作關係之國屬以形成戰線，進而構築東土交通之相關論述。如雷晉豪之碩士論文即由東征相關銘文討論

的難徵，銘文中關於南道的描述較多，並集中在西周早期昭王時期，其次見於穆王時器，如〈中甗〉：「王令中先，省南國貫行」，此所貫通之「行」，即〈牆盤〉：「隹貫南行」之「南行」。穆王時則省道至於淮域，如〈敔鼎〉：「師雍父省道至於胡」，「胡」即位於河南的郾城，是周與淮夷的前線。胡是周之友好盟邦，互爲軍事聯盟，師雍父此行在於巡視成周以南至於胡國的戰道。

6.行　宮

行宮指的是王出巡時的住所，多見於西周早期昭王時器，如〈小臣夌鼎〉：「令小臣夌先省楚居」。

7.農牧地

見於商器〈帝戁鼎〉：「王令帝戁省北田四品」。

8.山川林域

周領土內的山川林域是君臣巡狩的地區，也是外敵侵略時的戰場，前者如〈啓卣〉：「王出狩南山」、〈員方鼎〉：「王狩于視林」；後者如〈敬簋〉：「王令敬追襲于上洛、怒谷，至于尹」。〈四十二年逨鼎〉：「鬩獫狁，出捷于井阿、于曆巖，……乃即宕（蕩）伐于弓谷」。〈中甗〉：「戍漢、中、州」。〈敔簋〉：「追襲戎于臧林」。從發生戰事的場域遍及丘陵山林和江河，可證知當時軍種已由早期的單一兵種（車兵）發展到車兵、步兵、騎兵、水兵（舟師）四個兵種，由於軍隊的靈活性、機動性和地形適應性都大爲提高，故而能突破以往以戰車爲主的戰爭只能選在平坦廣野（如牧野）的地形限制，並由此導致各種戰鬥隊形的發展。〔註21〕

9.宗　廟

上述八類皆屬於室外空間，第六類「行宮」雖爲屋室建築，但王令臣先行巡省行宮的目的，不僅只於行宮本身，還包括前往行宮的道路安全與否，以及行宮本身及周遭環境是否整理完畢，故其所聚焦者不在建築物本身，還包括建築物周遭的室外環境。「宗廟」與上述八類不同，「宗廟」做爲祭祀慶典等活動的場域，其所代表的建築涵義來自於建築本體的內部空間所施行的各項活動，

各軍事據點形成，以及由此串連出的外交網絡。

〔註21〕相關方陣研究可參《中國軍事史》編寫組：《中國軍事史：第一卷：兵器》（北京：解放軍出版社，1994年），頁153～159。

軍事銘文與之相關者，爲出征前的告廟以及班返時的告成及飲至等典禮，唯這些儀節在軍事銘文裡較少被完整記載，少數軍事銘文裡有歸而告擒、獻俘、獻帛、問訊者，其活動進行之場所則由銘首「王格于成周大廟」(〈敔簋〉)、「王格廟」(〈小盂鼎〉) 等得知。罕見有「S＋V（軍事動詞）＋于某」的文例表現。軍事行動中針對宗廟做爲軍事活動場域者，銘文僅 2 見，其一爲商代晚期的〈作冊豊鼎〉:「王迖于作冊般新宗」。時王巡狩至於作冊般新建成的宗廟。其二爲西周早期的〈𦅫方鼎〉:「歸𩟄于周廟」，爲周公東征班返時歸而行𩟄禮的記載。

（二）空間的表現形式

表示軍事活動場所的詞一般是名詞，若爲地名，常以「專名地名」表現，即以一個字指稱地名，如〈虢季子白盤〉:「洛」、〈駒父盨〉:「淮」等；或於專名地名前後加上指示方位的形容詞，如〈敔簋〉:「上洛」、〈不嬰簋〉:「西俞」等。外族入侵發生戰爭的地點，通常是在山陵水濱，金文以「專名地名＋自然人文地理通名」表現，如:〈小臣夌鼎〉:「楚麓」、〈多友鼎〉:「楊冢」、〈晉侯穌鐘〉:「㝬䤋〈城〉」等。〔註 22〕另有以「定語＋中心語」格式形成者，如〈叔夷鐘〉:「處禹之土」、〈姑發胥反劍〉:「余處江之陽」等。一般而言，空間名詞在金文中常置於介詞「于」後形成介詞短語，在短句裡通常出現在動詞之後。

五、軍事行動的時間

本節所討論的時間，不以繫史意味濃厚之王年爲重，而以軍事行爲發生的干支日、時辰爲主。一般而言，涉及軍事活動的銘文詳列戰事發生時間者並不多，除非是重大戰役，否則銘文陳述的重點皆在出征者、出征過程、地點、戰果等方面，至於軍事活動所執行、發生的具體時間，不一定會有所著墨。某些銘首記年語則屬鑄器時間或受賞時間，非爲銘文內容所述之戰役發生的時間，如〈曾伯霥簠蓋〉:「隹王九月初吉庚午，曾伯霥哲聖元武……克狄淮夷……余用自乍旅簠」，銘首所記乃造器之時，故該器不當列入討論。另〈篖大史申鼎〉:「唯正月初吉辛亥，鄦(鄀)宙(中)之孫篖(筥)大(太)史申，乍(作)其造(竈)鼎十，用征台(以)迮，以御賓客，子孫是若」中，銘文「征」、「迮」皆非實

〔註 22〕陳美蘭：《西周金文地名研究》，頁 286～288。

指，而銘首的記時語亦非軍事行動的時間，而是造器之時。還有一種情況必需審慎考慮，如〈不嬰簋〉：「唯九月初吉戊申，白氏曰：『不緐，馭方、厰允（玁狁）廣伐西俞，王令我羞追于西，余來歸獻禽（擒）。余命女御（禦）追于畧，女（汝）吕（以）我車宕伐厰允（玁狁）于高陶。』」則九月初吉戊申日指玁狁來犯而周軍禦敵後的某一天，屬一場戰役中第一段戰程之後的某一日，不可視爲玁狁來犯日。

討論軍事動詞中的時間可從兩部分來看，一是軍事行爲發生的時間，包括先備動作的執行時間、周軍出擊的時間，以及敵人來犯的時間，著重於時間點的描述。二是指戰爭持續的時間，包含一次戰役中的數次戰鬥過程之總合，屬於時間段（歷程）的描述。

（一）軍事行爲發生的時間

1.先備行爲的發生時間

一般而言，屬巡省、整頓軍旅、移防等戰備行爲者，其行動之舉措並無特定時間，在各個月份、任何干支日都有可能，唯銘文中關於王親自巡狩的記載以正月較爲頻繁，如〈小臣夌鼎〉「正月，王在成周，王迲于楚麓」、〈晉侯穌鐘〉：「正月既生霸戊午，王步自宗周，二月望癸卯，王入各成周，二月既死霸壬寅，王儥往東」、〈員方鼎〉：「唯正月既望癸酉，王狩于視林」。其他月份則多見王臣巡省例，如〈史頌鼎〉：「隹三年五月丁巳，王才宗周，令史頌省蘇」、〈乖伯簋〉：「隹王九年九月甲寅，王命益公征眉敖」〔註23〕、〈敔鼎〉：「隹十又一月，師雍父省道至於胡」、〈善鼎〉：「隹十又一月初吉辰在丁亥，令汝佐胥豕侯，監豳師戍」等。在干支日上，亦無明顯選日取向，甲寅、乙巳、丙申、丁巳、丁亥、庚午、庚寅、癸酉、癸亥等散見於描述中。

2.發動攻擊的時間

（1）交戰日期

除十二月不見有戰事、戰務的記載外，敵我交戰的月份從正月到十三月皆有，其中三月、九月、十一月是較常發生戰事的月份，各有四例，其中屬外敵來犯者，多見於十一月。

〔註23〕從下文「益公至，告」知此處之「征」指巡省，非爲征伐。

（2）月　相

在 14 例有月相的記載中，以「初吉」最爲多見，計 9 例，其次爲既死霸 3 例、既生霸 2 例，既望則未見記載。其中「初吉」的出現數超出其他月相數之總合，不管是敵人來犯或是我方主動攻擊，皆喜選「初吉」時。黃然偉曾裒集 56 例冊命金文及約 70 例具月相之非賞賜銘文進行觀察，所得結論仍以「初吉」最爲多見。〔註 24〕陳漢平另舉典籍之用例綜合而論，云古人對每月之初吉極爲重視，故重大慶典多於初吉時舉行，其舉證「初吉」之「吉」本義爲專、聚、齊、皆、同；或爲數之始，每月「初吉」時皆爲朔日，爲古人心目中的善日，諸事皆宜。〔註 25〕

（3）日　期

在干支日上，丁亥 2 件（初吉丁亥），餘甲申、乙酉、丙申、丁未、丁卯、戊申、庚午、庚寅、庚申、辛丑、壬寅、壬申、癸未等散見，尤以「申」日最爲常見。陳漢平曾統計兩周金文記時中的干支日，乃以「丁亥、庚午、庚寅」等日最爲多見，認爲這是周人諏日習慣與風尚所致。〔註 26〕丁亥、庚午、庚寅三日亦出現於戰事銘文記載，尤其是周王出兵的時日，如〈仲偁父鼎〉：「唯正五月，初吉丁亥，周伯邊及仲偁（催）父伐南淮尸（夷）」、〈伯𩰫父簋〉：「惟王九月初吉庚午，王出自成周，南征」、〈兮甲盤〉：「隹五年三月既死霸庚寅，王初各（格）伐厰玁（玁狁）于㽞膚」等。冊命銘文以「初吉丁亥」的出現頻率最高，論者或以爲「初吉丁亥」爲虛指而非實日。〔註 27〕至於「丁亥」、「庚午」、「庚寅」這些高頻率出現之干支日既適用於冊命、職事，亦見於軍務、征伐時，可

〔註 24〕次爲既生霸、既望，而既死霸最少。參黃然偉：《殷周青銅器賞賜銘文研究》（香港：龍門書局，1978 年），頁 67。

〔註 25〕參《西周冊銘制度研究》，頁 74～77。

〔註 26〕參《西周冊銘制度研究》（上海：學林出版社，1986 年），頁 55。

〔註 27〕這是陳漢平的推論，其由銘文中出現的「初吉丁亥」比例數覈之西周曆數，認爲西周 276 年間不同年份之銅器銘文中不應出現如此多諏日而得的之「初吉丁亥」，故陳氏推測周代金文中的「初吉丁亥」或有爲鑄器者附會爲諏日吉日之干支記錄。唯〈仲偁父鼎〉之時日，據《銘文選》（三）所附之「西周青銅器銘文年曆表」，則穆王二十六年五月月朔確爲「初吉丁亥」。另一器〈應侯見工簋〉：「唯正月初吉丁亥」則爲厲王二十七年時發生，兩器時日皆確有可徵，與冊命金文的附會記錄不同。

知此三日爲周人心目中諸事皆宜的吉日。

（4）時　辰

具體記載交戰時辰之戰爭銘文僅見於西周早期之〈利簋〉：「珷（武）征商，隹甲子<u>朝</u>，歲鼎（當）」，以及西周晚期的〈多友鼎〉：「多友西追，甲申之<u>晨</u>，搏于郇。」「朝」與「晨」時間相近，《說文》云：「朝，旦也」、「晨，早，昧爽也」，段注：「昧爽，旦明也」，〔註28〕則「朝」、「晨」皆指清晨日出之際。

（二）戰爭的時程

戰爭規模的擴大與戰線的拉長同來俱生。西周早、中期的戰事銘文少見述及一次戰役中的多次數鬥者，西周晚期的〈禹鼎〉、〈不娶簋〉、〈多友鼎〉、〈晉侯穌鐘〉、〈四十二年逨鼎〉針對這方面有較多的描述。如〈禹鼎〉云西六師、殷八師深入鄂侯馭方境地，但因懼戰而未能攻克，武公乃遣禹率公戎車、兵員助王軍，則此撲伐鄂侯馭方之戰包含了兩次以上的戰鬥。另厲王時器〈不娶簋〉載玁狁來犯，王令白氏前往驅敵，白氏首戰告捷歸而告擒，遂命不其抵禦殘軍，不其與殘軍於高陵產生激戰，玁狁再次集結（戎大同）攻擊欲班返的不其軍隊，故雙方第三次展開大殺搏，後不其大獲全勝，殲滅敵軍。是以該次戰役包含了三次戰鬥。〈多友鼎〉則銘首云「唯十月，用玁狁方興」，武公乃遣其元士多友「羞追於京師」，到了十月中旬癸未日，「戎伐郇」，多友西追，於隔天展開第二戰：「甲申之晨，搏于漆」，後來西逃的玁狁猶有殘勢力，與多友「又搏於共」，多友多折首執訊，一直要到第四戰「乃逞追，至于楊冢」後，整次戰役才告終結。

一般而言，西周戰事的戰程皆不甚長，如〈不娶簋〉、〈多友鼎〉等長達三次、四次的戰鬥者仍可於數日內完成，推論戰程不長的原因乃受限於兵員及武器設備所致。戰國時七大國競相擴充實力，紛紛擴軍，故戰程拉長，據《戰國策‧趙策三》所載列國皆「能具數十萬之兵，曠日持久數歲」，這種日益擴大的戰爭規模是東周戰事的特點，史載甚多，如長平之戰，趙括率趙軍被圍，臨時築壘據守，支撐四十六天，秦攻邯鄲，歷二年仍未攻下等；〔註29〕其戰爭規模之大，戰程之長，皆遠遠超過西周歷次戰爭。

〔註28〕段玉裁注：《說文解字注》，頁106。

〔註29〕參《中國軍事史》第一卷：兵器，頁151。

（三）時間的表現形式

西周銘文的紀年文字有二，即「年」與「祀」。如〈何尊〉銘末：「隹王五祀」。用「祀」於銘文紀年承商器之紀年法，西周早、中、後期俱見，至東周時「祀」仍沿用，如〈鼄兂鐘〉：「唯廿又再祀」，但已不甚普遍。列國已發展出各自的記時語，如楚器〈割篙鐘〉：「隹割（荊）篙（曆）屈柰（夕）」等。大抵而言，西周軍事銘文中之紀時文例以「隹王＋△年＋△月＋月相＋干支」爲最繁例，「年」、「月」之前的△爲數詞，多簡作「隹王＋△年＋△月」或省略王年作「隹＋△月＋月相＋干支」；再有省者，則作「隹＋△月＋干支」，如〈師旂鼎〉：「唯三月丁卯」。或作「隹△月」，如〈呂行壺〉：「唯三月，白父北征」等。這些用來表示軍事行爲的時間詞以時間名詞爲主要成分，用於描述發動攻擊的時間點時，則位於軍事動詞之前，並常居於句首，以名詞短語表現。

第五節　語義結構小結

軍事動詞的語義結構分析旨在建構軍事動詞之語義平面。以軍事動詞爲中心，探討其與五項論元：原因、施事、受事、空間、時間所構成的語義關係，並討論各論元的意義和表現形式，以及與軍事動詞的相關位置。

就原因論元來看，軍事行爲之發生原因在戰前是爲了戰備部署，而所有的開戰之因則不脫同盟踐約、荒服叛亂、外敵來犯及掠奪物資四種。這些原因項皆以主謂短語的形式置於軍事動詞之前，並常置於文首，以示今昔因果。

就對象論元來看，則軍事動作的指涉對象有七：周王臣屬百姓、軍事同盟、國屬領土城邑、敵國君臣百姓、敵國城邑、不廷不淑者、工具物品。這些對象賓語由名詞性、動詞性詞語，以及主謂短語構成，皆置於動詞之後。

就施事論元來看，則軍事動詞的施事者皆爲分句主語，和對象論元的表現形式相比，顯得更爲簡略，多爲名詞性成分，從王室本位的立場來看，在戰備部署及發動戰事項中，早期的施事者時王及王臣併見，中晚期以後王臣最多，東周以後則常見王儲領兵例。

就空間論元來看，可分爲方國、王畿都城、四方、駐蹕所、道路、行宮、農牧地、山川林域、宗廟等九個空間，其中多處空間見於巡省類分句裡，屬於戰場的空間則以方國、王畿都城、四方、山川林域較多，後者尤多見於西周晚

期，戰地環境的改變顯示當時兵器、兵種、戰術已有長足發展。在表現形式上，多以名詞表現場所，常見專名地名。

　　就時間論元來看，基於鑄器彰功的銘文特性，涉及軍事行爲的銘文通常爲受賞後所追記，故銘文上所標記的時間多爲受賞日，銘文並不特別標記戰爭時間、時程，故能確得戰爭行動之時間文例者並不多。一般而言，軍事巡省、部署、移防、整師等並無特定月分，並無明顯選日取向，不過時王親自巡狩多選在正月。至於發動攻擊的月分，獨不見十二月。三月、九月、十一月則是較常發生戰事的月份。在月相上，不過是敵人來犯或是我方主動出擊，多喜選「初吉」時，至於日期，則以「申」日最常出兵；而具體載明時辰者，僅見二例，「朝」、「晨」用指清晨日出之際。在戰程記載上，西周晚期始見一次戰役包含二次以上的戰鬥，以〈多友鼎〉多達四次爲最，銘文中透過時間、空間的推移顯示戰役之猛烈，凸顯戰果之得來不易。

第七章 結 論

張振林云自己初學古文字時，常陷入眾說紛紜的迷惘，但其相信：

> 每一篇銘文，從 1 個字至 500 字，不應有南轅北轍的結論；銘文作
> 者都是有自己明確用意的；作者圍繞著篇章主旨，積字以成句，積
> 句以成章，積章以成篇，內存一種篇章語言法則；只要能弄清銘體
> 的基本構成要素及它們間的聯繫，作者的思維語言脈絡就可以找
> 到，擺脫了只詞單句訓詁的局限，就能把握篇章大意，不會陷入解
> 讀銘文的迷茫。〔註1〕

的確，若能以金文文字的研究為基礎和主體，把握語法規則和篇章結構，並一
併觀察其在甲文、簡帛以及傳世文獻等共時及歷時語料所呈現出的語法規律，
應能依此歸納出先秦語言特點，從而能夠準確地掌握並闡釋銘文的真實含義，
使金文學能朝向漢語史、文化史、制度史、思想史的深化路子邁進。

本文以兩周金文軍事動詞為研究對象，在討論每一個軍事動詞時，先考辨
其形義源流，上溯甲骨文，下至《說文》小篆，在明晰字義發展與變化下，就
其在兩周金文中的用法進行窮盡性的定量分析，並藉由比較其他出土語料（卜
辭、簡帛）以明其用法異同，並觀察文字使用的分域現象。在語法學理論方面，

〔註 1〕張振林語，見陳英傑：《西周金文作器用途銘辭研究》（上），（北京：綫裝書局，
2008 年）序一，頁 1~2。

則是援用句法、語義、語用三個平面語法理論對個別字分析，期待在此研究方法與步驟下完成的研究成果，能補足漢語史上金文軍事動詞研究上的不足，並提供可信賴的客觀數據，爲先秦典籍軍事動詞研究的疑議部分，提供歷史比較研究的實證與修正補苴意見資料。

關於金文軍事動詞的形義演變及語法結構分析，前文均有詳細論證，以下就各項分析結果，進行概括性的總結。

第一節　兩周金文軍事動詞之使用分期與出現頻度

一、時代分期用例數比較

本論文分析了兩周金文 123 個軍事動詞的 134 種使用現象，發現諸動詞的使用具明顯的時代差異，這與當時銘文作爲國之要事載體的獨特性質有關，當銘文的文體從簡約記要逐漸發展成敘事由、表功勳的長篇巨製時，隨著文體的進步與發展，逐對文字的取用有了獨特性需要，能準確表達銘文文意的用字焉然創生。若以時代爲經，軍事動詞爲緯，表列兩周金文軍事動詞所在 660 條文例，可依時代使用率得出下列序列：

西周晚期（209）＞西周早期（118）＞西周中期（69）＞春秋晚期（42）＞

戰國晚期（30）＞戰國不分期（19）＞春秋早期（16）＞戰國早期（13）、

殷商時期（13）＞戰國中期（9）＞春秋中期（8）＞春秋不分期（1）

西周晚期以高達 209 次的用例高居兩周之冠，與排名次高的西周早期 118 例相差 91 例，用例數有近百數之距。而所謂的西周晚期，實際上皆聚焦於厲宣時期的戰爭銘文中，反應出史載西周晚期厲宣之際爭戰的頻繁，故這一時期的銘文有大量的戰役記載，數量既多，篇幅亦長，爲了精確描述戰況故而使用了大量的軍事動詞，許多偶散見於西周早、中期的動詞在西周晚期使用次數明顯增加，在舊詞無法確切描述戰況時，則用以強調攻擊行動、具完備文意的新生詞於焉產生，如「戮」、「敔」產生於厲王時期，「質」產生於宣王時期，且僅用於厲、宣之際，西周晚期以後湮沒不用。

排名第二高的使用時期爲西周早期的 118 例，集中於史載喜好武業的昭王時期，昭王時期的軍事動詞分布明顯具詞義特性，多見於巡查類、發動戰事（一）出發、班返類中。昭王時期最常使用的攻擊動詞是「征」，唯一出現於昭王時期

的新生詞爲「刪」，今作「蹁」，有拔除的意義。

　　排名第三高的西周中期用例數 69，多屬穆王時器，恭、懿次之。

　　東周時期以春秋晚期用例數 42 最高，次爲戰國晚期 30，其次爲戰國不分期 19，至於春秋早、中期，以及戰國早、中期的用例數皆不高，既不能與春秋晚期的 42 例相比，更遑較於西周時期動輒上百的用例數。從銘文文體的發展來看，以物勒工名爲主要內容的東周銘文，軍事動詞常見於作器者鑄兵器時的自伐戰功之誇耀語，或爲應戰之備的勉語，文體與用字皆受限於器物形制，故敘述較短，字句較少。偶見篇幅較長者，乃爲鑄於兵器以外的壺、鼎、盆等器之上，多爲戰功之描述，用字具地域特色。如戰國晚期〈燕王職壺〉的「戠」、〈中山王嚳方壺〉的「栽」、〈攻敔王光劍〉的「戲」等。

二、西周諸王用字頻度比較

　　由於兩周金文軍事動詞的用例數以西周時期所佔比例最高，細究西周諸王軍事動詞的使用分布，並扣除其中王系不明的用例後，可得以下簡表：〔註2〕

時代王系 動詞	西周早期				西周中期				西周晚期			
	武	成	康	昭	穆	恭	懿	孝	夷	厲	共和	宣
總次數	4	18	32	52	38	7	8	2	1	115	2	76
分期總數	106				55				194			

　　簡表依時代排列，西周早、中、期的分期總數由高至低爲：

　　　西周晚期(194)＞西周早期(106)＞西周中期(55)

　　若依王系用次排列，可得以下次序：

　　　厲王(115)＞宣王(76)＞昭王(42)＞穆王(38)＞康王(32)＞成王(18)
　　　＞恭王(7)＞懿王(8)＞武王(4)＞共和(2)＞孝(2)＞夷(1)

相較於西周早、中期部分軍事銘文分期斷代尚有不甚清晰者，西周晚期的軍事銘文多能由器主、記時語、戰爭內容等聯繫諸器以得確切王系，王系的確定使得銘文能確切斷代，有利於軍事動詞使用分布的統計。經分析，西周晚期的軍事銘文歸於厲、宣之際者最多，其中軍事用語的使用例又以厲王時的 115 例佔

〔註2〕詳細使用分布參附表四：「西周諸王軍事動詞使用狀況表」。

最多數，位居西周晚期之冠，高於位居第二的宣王 76 例近 40 數之多。排名第三的是西周早期的昭王，計 42 例，銘文內容顯示昭王南土經營的明顯企圖心和強功作爲。西周中期穆王時器亦有 38 例緊追在後，銘文內容多載穆王向東南用兵，伐淮夷、東國痛戎之事。

西周晚期大量的軍事銘文顯示了西周國祚由榮轉衰的變化。厲宣之際原本安服於周王的南土諸夷開始出現叛服，並有進犯周土之舉，西周早期奠定的邊服基礎至西周晚期在統屬關係上已產生質變，故厲、宣皆有擊退淮夷入侵之舉，並爲平靖東南的需要，出兵攻打淮夷。在此同時，西土的玁狁與西北的犬戎不斷攻擾周西部都邑，攻擊的目的除侵佔周土外，更以劫掠周土豐富的人貨物資爲主要企圖。在驍勇善戰的玁狁及善於糾集聚合的東南淮夷頻繁的攻擊侵擾下，扭轉了西周國家早年積極經略下的四土邊疆之平衡，周人逐漸喪失東南土經濟資源的掌控，而周西土涇河上游大部分地區的控制權亦逐步喪失，國家防禦線的縮短與常年軍事對峙的氣力消耗，伴隨著周都日益滋生的政治騷亂，遂使長期處於衰弱過程中的西周逐步走向滅亡。

三、兩周金文軍事動詞新字產生狀況 [註3]

兩周金文軍事動詞多前有所承，多數在甲骨文裡已現其蹤，唯某些字的軍事動詞用法是在兩周時期才發展出來的，針對這些上承甲文而於義項上有所開展的字，當視爲舊詞。本節所指的「新字」是指甲文未見，兩周金文始見的軍事動詞用字。依時代序列於下表：

時代王系	新造字 {國別}	數量	比例 [註4]
康　王	遝、處、厚(搏)、鬩、喪、折	6	12%
昭　王	貫、瞂、攻、冊(龠)、還	5	10%
穆　王	達、奔、卿(襲)、靜(靖)、孚(捊)	5	10%

〔註 3〕此處的新造字指未見於甲文，而爲西周新創之字。唯某些新創字兩周時期不獨爲軍事之用，如「奔」字除作軍事動詞指「奔追」、「出奔」義外，亦有「奔走效命」等非軍事用法。本表就其具軍事動詞使用特性而納入，以明軍事動詞使用之況。爲明顯區隔其他詞義，則凡該字出現於西周早期，並兼有其他義項者，於動詞下加下標曲線以明之。

〔註 4〕小數點四捨五入。

時代王系	新造字 {國別}	數量	比　例
恭　王	敿、達(撻)、狄(剔)	3	6%
懿　王	敊、吾(敔)	2	4%
厲　王	遷、償、戣、敇、釫(捍)、貓(剔)、奪、班	8	15%
宣　王	圍、質、襄(懷)	3	6%
王系不明	伐	1	2%
春　秋	戠{吳}[註5]、毀{齊}、散{齊}、剮{齊}、鋸{秦}、顉{秦}、盜{秦}、滅{晉}、珇{晉}、救{楚}、賢{燕}	11	21%
戰　國	譏{燕}、躃{燕}、秋{燕}、戰{楚}、栽{中山}、覆{中山}、勝{齊}、敚{晉}	8	15%
新　造　字　總　數		52	100%

　　從上表可知，春秋時期所造新詞最多，佔 21%，其次爲戰國時，佔 15%，這可以從東周時期言語異聲，文字異形現象作解釋。西周時期則不意外的，以厲王時期的 15% 居冠；昭、穆時期皆以 10% 位居西周第二，而昭、穆時期正是西周早、中期最頻繁用兵之際。新造字的創製乃爲因應時代變遷下的語境需求，並以形聲結構造字者居多。

第二節　先秦語料中軍事動詞之數量與用例比較 [註6]

一、甲骨文和兩周金文之軍事動詞用例比較

　　陳年福於《甲骨文動詞詞匯研究》中參考了劉釗〈卜辭所見殷代的軍事活動〉一文，將軍事動詞分成 9 小類，簡列 64 個軍事動詞。王欣於碩士論文《甲骨文軍事刻辭研究》（2009）則以陳書爲底本，補入若干字進行討論。本單元主要參考二書進行比較，若有經考證屬軍事動詞而三文未及收錄者，本文逐補之，並附註說明，經重新統計，計有 81 個動詞，82 個用法（「及」字 2 見）。

〔註 5〕　{　}中爲國別。

〔註 6〕　由於甲文及楚簡的軍事動詞目前尚未有全面的計量統計研究成果，筆者限於時間與學力，僅就學界現有之甲文及楚簡研究成果，提列其中可視爲軍事動詞的部分進行初步的羅列，其待未來能就此專題進行深入討論。

（一）甲骨文之軍事動詞

1. 徵集類：比、共、嗀。

2. 監伺類：目、見、望、省〔註7〕、監〔註8〕、迖〔註9〕、聞〔註10〕。

3. 行軍類：以、1 及、步、涉、出、啓、行、還、肇、鼓、歸、次、調、旋、邁、往〔註11〕、即〔註12〕、逆〔註13〕、于〔註14〕。

4. 征伐類：正、圍、途、叡、敦、璞、伐、戔、執、射、追、璞（撲）〔註15〕、克〔註16〕。

5. 侵擾類：出、來、啓、至、凡、侵、凡皇、探〔註17〕。

6. 防禦類：御（禦）、爰、衛、戡（捍）、戍、易。

7. 擒獲類：妝、俘、畐、降、獲、執、擒、取〔註18〕、得〔註19〕、2 及〔註20〕、冤〔註21〕。

8. 傷害類：杲、震、喪、雉、敗、戕。

9. 附、刑法類：刖、訊、劀、剢。

〔註 7〕 該字甲文已有巡省用法，劉釗及陳年福皆未列，本文補之。

〔註 8〕 該字劉釗及陳年福皆未列，本文補之。

〔註 9〕 該字劉釗及陳年福皆未列，本文補之。

〔註10〕 該字劉釗及陳年福皆未列，本文補之。參自郭旭東，〈商代的軍情觀察與傳報〉，原載《殷都學刊》，收入郭旭東主編：《殷商文明論集》（北京：中國社會科學出版社，2008 年），頁 270～276。

〔註11〕 該字劉釗及陳年福皆未列，本文補之。

〔註12〕 該字劉釗及陳年福皆未列，本文補之。

〔註13〕 該字劉釗及陳年福皆未列，本文補之。

〔註14〕 該字劉釗及陳年福皆未列，本文補之。

〔註15〕 該字劉釗及陳年福皆未列，本文補之。

〔註16〕 該字劉釗及陳年福皆未列，本文補之。

〔註17〕 該字爲王欣所列。

〔註18〕 該字劉釗及陳年福皆未列，本文補之。

〔註19〕 該字劉釗及陳年福皆未列，本文補之。

〔註20〕 「及」字 2 見，擒獲類用法爲本文所補入。另用於行軍類。

〔註21〕 該字劉釗及陳年福皆未列，本文補之。參朱鳳瀚：《商周家族形態研究》（增訂本），頁 161。

10. 使令類：令〔註22〕。

11. 組織類：師〔註23〕、㠯、振〔註24〕、會〔註25〕。

12. 報告類：告〔註26〕、曰、爯〔註27〕。

（二）金文承襲甲文用法者

計有：望、省、監、行、征、獸(狩)、迖、于、令、師、㠯(次)、會、比、以、即、出、來、衛、戰(捍)、戍、御(禦)、伐、璞(戭、撲)、敦、逆、追、取、俘、獲、得、執、禽(擒)、敗、克、𢦏、歸等，共36個。

（三）金文承襲甲文用字而引申出軍事動詞用法者

計有：遣、正(整)、同、興、之、于、各、反(叛)、戒、印(抑)、羞、逐、從、入、臽、并(併)、𠜱、烕(滅)、喪、復、折、叀、又(有)、上(攘)、出〔註28〕、反(返)、還、燮、㪤、罙、雚(觀)、害(衛)等，共32個。

這些從動詞原始義引申成爲軍事動詞專用義項的詞，多於兩周時期方顯開展並展現多樣的語法面貌，尤以攻擊類軍事動詞數量最多，推測這是在兩周時代氛圍影響下，軍事戰略思想從萌芽走向細緻化、系統化，而使得軍事攻擊行爲爲適應在不同戰爭情況與進程節奏，發展出了不同的攻擊方式而創造出相對應的專用詞彙。

二、楚簡和兩周金文之軍事動詞用例比較

基於文本語境與材料特性，本文選取戰國楚簡中的唯一兵書《曹沫之陣》與金文比勘，《曹沫之陣》共有46個軍事動詞，其中與周金互見者有21個，並

〔註22〕該字劉釗及陳年福皆未列，本文補之。

〔註23〕該字見劉釗組織類，陳年福未收入。

〔註24〕該字劉釗及陳年福皆未列，本文補之。

〔註25〕該字劉釗及陳年福皆未列，本文補之。

〔註26〕此參王欣《甲骨文軍事刻辭研究》所提，該文歸於「報告敵情的方式」，參頁14。

〔註27〕該字舊釋作「舉」，義爲「舉兵」（島邦男）。陳年福據此歸於侵擾類。今依李宗焜之見，讀作爯冊之「爯」，義爲稱述王命，用於戰前誓師或回師。參氏著，〈卜辭「爯冊」與《尚書》之「誥」〉，《中央研究院歷史語言研究所集刊》第80本第3分（2009年9月），頁333～354。

〔註28〕戰敗出奔義。

可提攝出 19 個同用例與 1 個異用例。〔註29〕

（一）楚簡中的軍事動詞

1. 先備工作

準備：纏(繕)、利(厲)、豫(舍)。

使令：虖(號)、令、囟(使)、兟(御)。

組織：御(率)、會、遑(復)、秝(束)、返。

行軍：行、逃(過)、淒(濟)、去、戔(輦)。

2. 發動戰事

出發：出、奔、逞(往)、啓。

防禦：扜(捍)、守、佢(拒、距)。

攻擊：返、就、專(傳)、散、并、兼、克、或(克)、陷、敓(奪)、取、戲(戰)、盤、戠(弋)、攻。

3. 戰　果

失、收、退、臒(獲)。

4. 賞　罰

斷、繡(陳)、荳(刑)。

（二）楚簡與金文用法相同者

計有：命、使、率、會、興、復、行、奔、出、往、捍、并、攻、克、敓、兼、取、弋、戰、獲、誅等，計 21 例。

（三）楚簡與金文用法相異者

楚簡與金文軍事用法相異者，見「陷」字。《曹》簡【60 下】「毋(毋)冒呂(以)逾(陷)」，「陷」作陷於、置陷解。指不要冒進、貪功而陷敗。「陷」字在金文中做"攻陷"解，屬攻擊類動詞者，見〈戜鐘〉：「南或(國)殳子，敢臽(陷)處我土」。用與《曹》簡不同。

從《曹》簡中的「盤」、「專（傳）」、「散」等，顯見軍事動詞的使用具鮮明的時代性。這 21 個軍事動詞多數可以上溯到甲文，並可以在先秦傳世文獻裡找

〔註29〕 本文所引《曹》簡文字隸定，主要參考高佑仁於碩士論文中的匯釋結果，見高佑仁，《上海博物館藏戰國楚竹書（四）・曹沫之陣》研究，《古典文獻研究輯刊・六編》第 28 冊（台北：花木蘭文化出版社，2008 年 3 月）。

到類似的用法。在語法關係上，銘文所用的語法結構較爲規整，簡文所用較爲精省，推測與銘文及簡文的文本屬性不同有關。與銘文相校，簡文乃朝著更精鍊的文學性語法邁進。

三、《左傳》和兩周金文之軍事動詞用例比較

張秋霞於《左傳征戰類動詞研究》（2009）〔註30〕中，析分出 62 個征戰類動詞，分置於 9 個小類中依戰爭進程進行討論。其所界定的征類類動詞範圍是：「主語是人，其核心義素［＋征戰］，附加義素中含有［＋侵御、俘獲］義位」。〔註31〕

（一）《左傳》中的軍事動詞

1. 起兵義：起、興、舉、稱、出、師。
2. 率領義：將、率(帥)、以。
3. 交戰義：合、遇、鼓、陳。
4. 侵擾義：侵、襲、犯、略、寇、掩、陵、突。
5. 攻伐義：征、伐、擊、攻、鬥、戰、軍、要、從、追、逐、伏、圍。
6. 戕殺義：兵、戕、戮、斬、殺。
7. 防御義：亢、禦、御、待、當、守、戍。
8. 俘獲義：取、俘、獲、擒。
9. 戰果義：克、勝、敗、北、捷、傾、崩、覆(復)、潰、降、喪、滅。

（二）《左傳》與金文用法相同者

計有：興、出、師、率、以、襲、征、伐、攻、戰、從、追、逐、圍、殺、御、禦、戍、取、俘、獲、擒、克、勝、敗、捷、覆、喪、滅等 29 個。〔註32〕

（三）甲文、《左傳》俱見軍事動詞之用，金文未見者

計有：起、稱、降等 3 個。

〔註30〕張秋霞：《左傳征戰類動詞研究》（長春：吉林大學碩士論文，2009 年 4 月）。

〔註31〕張秋霞：《左傳征戰類動詞研究》，頁 7。

〔註32〕張秋霞於論文結語云，《左傳》征伐類動詞與金文用法相同的僅興、陳、襲、圍、守、戕、滅等七個，參照本文的分析，知與事實明顯不符。參張秋霞：《左傳征戰類動詞研究》，頁 64。

（四）甲、金未見軍事動詞之用，《左傳》始用者

計有：將、合、遇、鼓、陳、侵、犯、略、寇、掩、陵、突、擊、鬥、軍、要、伏、兵、戕、戮、斬、亢、待、當、守、北、傾、崩、潰、降等 30 個。這 30 個字中，不見於甲、金文的只有舉、略、掩、突 4 個，〔註33〕顯現諸字的詞義在《左傳》中有長足的發展。

第三節　兩周金文軍事動詞的語法及語義特性

一、語法特性

兩周金文軍事動詞以及物動詞居多，及物動詞每以「S＋V＋O」為基本句型，動詞之後皆為單賓結構，受事賓語成分單純，皆為動作施及的對象或處所。不及物動詞後若接名詞，則必為處所補語，該處所補語由介詞引介，以「介賓」形式構成一動補結構。兩周金文軍事動詞中的不及物動詞帶「介賓」補語與否，可完全依詞義進行判斷。若以「介賓」形式引進與動作行為有關的處所，介賓補語作為軍事動詞之處所補語，表示動作行為在某處發生或進行。介詞所引進的處所又可依文義細分為表動作所源之處、動作發生處及動作到達處。其中「于」字是出現頻率最高的介詞，其次為「在」，其次為「自」，周金用以引進行為處所的介詞俱見於甲文及傳世先秦典籍。

兩周金文軍事動詞前的狀語成分豐富，計有副詞、助動詞、語助詞、介詞、連詞、形容詞、數詞等七種成分，主要起修飾及限定作用，在七類狀語成分裡，尤以副詞數量最大，可依副詞意義區分為表時間、程度、狀態、範圍、連接、否定、疑問、判斷等八種。

二、語義特性

本論文依動詞所涉的原因、施事、受事、空間、時間五大論元進行探討，所得結論如下：

（一）就原因論元來看

軍事行為之發生原因有戰備部署、同盟踐約、荒服叛亂、外敵來犯及掠奪物資五種。這些原因項皆以主謂短語的形式置於軍事動詞之前，並常置於文首，

〔註33〕張秋霞另舉「勝」字亦未見，未確。參張秋霞：《左傳征戰類動詞研究》，頁 64。

以示今昔因果。

（二）就對象論元來看

則軍事動作的指涉對象有七：周王臣屬百姓、軍事同盟、國屬領土城邑、敵國君臣百姓、敵國城邑、不廷不淑者、工具物品。這些對象賓語由名詞性、動詞性詞語，以及主謂短語構成，皆置於動詞之後。

（三）就施事論元來看

則軍事動詞的施事者皆爲分句主語，和對象論元的表現形式相比顯得簡略，多爲名詞性成分，在戰備部署及發動戰事項中，早期的施事者時王及王臣併見，中晚期以後王臣最多，東周以後則常見王儲領兵例。

（四）就空間論元來看

可分爲方國、王畿都城、四方、駐蹕所、道路、行宮、農牧地、山川林域、宗廟等九個空間。在表現形式上，多以名詞表現場所，常見專名地名。

（五）就時間論元來看

軍事巡省、部署、移防、整師等並無特定月分，亦無明顯選日取向，唯時王親自巡狩多選在正月。至於發動攻擊的月分，三月、九月、十一月則是較常發生戰事的月份。在月相上，喜選「初吉」時；至於日期，則以「申」日最常出兵；少見具體載明時辰者，若有，則僅見「朝」、「晨」二個時辰，皆指清晨日出之際。在戰程記載上，西周晚期始見一次戰役包含二次以上的戰鬥，以〈多友鼎〉多達四次爲最。

第四節　本文的成果價值和研究展望

隨著甲骨文語法研究的日益開展，相較之下，金文語法的研究略顯滯緩。近年來，喜見學者以專題計畫的形式針對金文的虛詞、動詞進行研究，並已取得初步結果。〔註34〕動詞是金文中數量最大的一個詞類，從詞義分析的角度區分動詞義類，進行定量及定性研究乃有其積極必要性，其研究成果既可完備金文動詞研究，亦可提供先秦漢語歷史語法研究的參考，並爲動詞虛化的演變方

〔註34〕如武振玉以「兩周金文動詞研究」爲專題計畫於近年內發表了一系列相關研究成果。

向提出本源性的探討基礎。

　　本文限於時力及課題，僅就兩周金文中的軍事動詞進行具體的描寫和溯流探源，若能與其他歷時及共時語料，如殷周甲骨文、戰國簡帛以及先秦傳世文獻進行全面整理，將金文軍事動詞上溯甲文、下接秦漢文獻，尤其是軍事用語蓬勃發展的《左傳》一書進行比對，必能更明晰軍事動詞在先秦時期的發展面貌，並可完整分析古代漢語軍事動詞的起源和發展狀況。此外，兩周銘文中多見軍事相關之記載，其內容除涉及具體戰爭情況外，亦透露出軍事思想與用兵之道，可與《吳子》、《六韜》、《尉繚子》、《孫子》、《司馬法》等軍事理論豐富的先秦兵書參看，補充中國上古軍事史的研究缺環。

附 件

附表一：兩周金文軍事動詞時代及使用次數分布表〔註1〕

時代 / 軍事動詞	殷商	西周 早	西周 中	西周 晚	春秋 早	春秋 中	春秋 晚	春秋 不分期	戰國 早	戰國 中	戰國 晚	戰國 不分期	總次數
一、先備工作類：(一)巡查　望	1												1
省	3	1(成)1(康)5(昭)〔註2〕	1(穆)				2					1	14
遄		1(康)	1(恭)	2(厲)2(宣)									6
貫		2(昭)	1(恭)		1								4
監			1										1
行				*〔註3〕	*	*	*	*	*	*	*	*	≒100
征	3		1〔註4〕	6	8	2	1	1	1				23

〔註1〕 文中數據資料之計算凡屬同銘異範者，皆採一次計。若軍事動詞用字於同一器銘中重覆出現者，則悉數計算，如「孚(俘)戎車十、孚(俘)金」中，「孚(俘)」採二次計。

〔註2〕 括弧内指王系，未標明者，為王系未確，或數量過於龐大，礙於表格形式難以述全者。

〔註3〕 「*」代表次數過多，不盡數。

〔註4〕 該器為〈用征尊〉(5591)，《集成》訂為西周早或中期。本文取其最大限度，暫歸

時代 / 軍事動詞		殷商	西周早	西周中	西周晚	春秋早	春秋中	春秋晚	春秋不分期	戰國早	戰國中	戰國晚	戰國不分期	總次數
	狩	1	2	1										4
	述	2	1											3
(二)使令	令	4	12	9	18			1(吳)		2(楚)〔註5〕				46
	遣		2(昭)		2(屬)									4
	師			1				1(齊)						2
	次		1(昭)											1
	整			1	1(宣)									2
	振		1(昭)											1
	會			1						1(晉)		1(中山)		3
	董			1(懿)										1
(三)組織	比			1(穆)										1
	同				1(宣)							1(中山)		2
	興				1(屬)							1(秦)		2
	用											1(秦)		1
	被											1(秦)		1
	遘				1(屬)									1
	率			3	5	1(晉)		1(齊)		1(晉)		2(中山)		13
	以		4	3	2									9
	儥				1(屬)									1
	行				1(宣)									1
	徂												1(魏)	1
(四)行軍	迋							1					1	2
	逆							1(吳)						1
	從				2(屬宣)									2
	奔			1(穆)										1
二、發動戰事類：	出				3								3	6
	于		1(成) 1(昭)										2	4
	各				1(宣)								1	2
	來		2	1(成)									3	6

於中期。

〔註 5〕二件「景之定」器時代爲春秋晚至戰國早，本表格暫歸戰國早欄。

時代　軍事動詞		殷商	西周早	西周中	西周晚	春秋早	春秋中	春秋晚	春秋不分期	戰國早	戰國中	戰國晚	戰國不分期	總次數
(一)出發	往									1(越)			1	2
	之							1(吳)					1	2
	即			1(穆)	1(厲)								2	2
(二)侵犯	反		1(成)1(昭穆)											2
	伐		1					3		1(晉)				5
	出		1(成康)	1(穆)										2
(三)防禦	敔			1(懿)	1(宣)									2
	軓				1(厲)									1
	害			1(孝)										1
	衛			1(穆)										1
	處			1(康)	1(厲)			2					1	5
	扴									1(越)				1
	戒							1(齊)						1
	戍		1(昭)	4(穆)										5
	御			1(穆)	1(宣)			1(吳)						3
	馘												1(吳)	1
(四)攻擊：1.从戈	戲											1(燕)		1
	伐	1	5(成)7(康)9(昭)	5(穆)1(恭)2(懿)	23(厲)7(宣)		1(晉)	2(齊)1(吳)		1(吳)	2(齊)			67
	戰											1(楚)		1
	戮				4(厲)2(宣)									6
	戡		1(昭)		1(宣)									2
	栽											1(中山)		1
2.从又	燮					1(曾)		1(楚)						2
	毀											1(齊)		1
	殺											1(齊)		1
	攴											1(吳)		1
	敓			1(懿)										1
	敦			1	3(厲)1(宣)									5
	攻		1(昭)					1(晉)1(吳)						3
	敌				1(厲)									1

時代 軍事動詞	殷商	西周			春秋				戰國				總次數
		早	中	晚	早	中	晚	不分期	早	中	晚	不分期	
斂			1(恭)										1
散							1(齊)						1
抑					1(曾) 2(未明)								3
搏		1(成康)	2(穆)	9(厲宣)	1(晉)								13
羞				3(厲)									3
3. 从止 撻			1(恭)	1(宣)									2
追		1	1(穆) 1(晉)	12 (厲宣)									15
逐				1(厲)									1
征	1(帝乙)	1(武) 3(成) 7(昭)	3(穆) 2(懿)	8(厲) 3(宣)	1(晉)				1(晉)		2(中山)	1(楚)	33
劅			1(穆)	1(厲)									2
踚		1(昭)											1
4. 其他 靜			1(穆)	1(厲)			2(秦)				1(中山)		5
入		1(昭)		1(厲)			1(齊)		1(晉)				4
罙				1(厲)									1
圍				1(厲宣)			1(齊)						2
兼											1(秦)		1
舀				1(厲)									1
并											1(中山) 1(秦)		2
鈌											2(秦)		2
(五) 覆滅 質				1(宣)									1
覆											1(吳)		1
盜					1(秦)								1
狄			1(恭)	1(宣)	1(曾)								3
貎				1(厲)									1
刜							1(晉)						1
陷											1(燕)		1
刷							1(齊)						1
闢		1(康)		1(宣)							1		3
滅						1(晉)					1(燕)		2
喪		1(康)				1(晉)			1				3
勝											2(齊)		2

時代 軍事動詞		殷商	西　周			春　秋				戰　國				總次數
			早	中	晚	早	中	晚	不分期	早	中	晚	不分期	
(六)救援	救							1(楚)				1(中山)		2
	復				3(厲)									3
	重				1(厲)									1
三、戰果類：	折		1(康)		21(厲宣)							＊		22
	取				1(厲)	1(晉)								2
	奪				2(厲)									2
	敓										1(晉)			1
(一)俘獲	孚	13		2	9(厲宣)									24
	得		1(昭)		1(厲)									2
	隻		4	1(懿)	3(厲宣)			2(吳)		3(齊)		2(楚)		15
	秋											1(燕)		1
	執		3	1(懿)	20(厲宣)									24
	俘			1(穆)	1(厲)									2
	禽			1	2(厲宣)									3
	戡							1(齊)						1
(二)勝敗：1.戰勝	敗							1(吳)			1(楚)			2
	賢							1(燕)						1
	克		3(成)	1(穆)	1(厲)							1(燕)		6
	又		1(成)					1(齊)						2
	戠		1(成)	2										3
	上					1(晉)								1
	戡		1(昭)											1
	陷							1(晉)						1
2.戰敗	出				1(厲)									1
	奔				1(厲)									1
	敗									1				1
四、班返類	班				1(厲)									1
	歸		3(成昭)		2(厲宣)									5
	反				1(厲)									1
	還		1(昭)		1(厲)									2
	復		1(昭)											1
	整				1(厲)									1

時代 軍事動詞		殷商	西　周			春　秋			不分期	戰　國			不分期	總次數
			早	中	晚	早	中	晚		早	中	晚		
五、安協類	燮							2(晉秦)						2
	襄				2(宣)									2
	醻							1(秦)						1
	珊							1(晉)						1
	歖							1(晉)						1
總次數〔註6〕		13	118	69	218	18	8	42	1	13	9	30	19	660

附表二：兩周金文軍事動詞字頻表〔註7〕——字頻≧2

單　字	頻率	時　　　代	單　字	頻率	時　　　代
行	≒100	西晚～戰國	喪	3	西早，春中，戰晚
伐	67	商～戰國中	復〔註8〕	3	西晚
令	46	商～春秋早	禽	3	西中，晚
征〔註9〕	33	商～戰國晚	戠	3	西早、中
孚	24	西周	燮〔註10〕	2	春早、晚
執	24	西周	從	2	西晚
征〔註11〕	23	西早～戰早	往	2	戰國
折	22	西早、晚	之	2	春晚，戰國
隻	15	西早～戰晚	整	2	西中、晚
省	14	殷～戰國	同	2	西晚，戰晚
率	13	西中～戰晚	興	2	西晚，戰晚
搏	11	西早～春中	各	2	西晚，戰國

〔註6〕 以時代別計算之總次數，皆未加入巡查項下的「行」之使用次數，出現約百次之「行」直接加總於右列最末。

〔註7〕 依出現頻度高低從左直行羅列。

〔註8〕 屬發動戰事類，救援項。

〔註9〕 屬發動戰事類，攻擊項「从止」之「征」。

〔註10〕 屬發動戰事類，攻擊項「从又」。

〔註11〕 屬先備工作類，巡查項之「征」。

單　字	頻率	時　　　代	單　字	頻率	時　　　代
以	9	西周	即	2	西中、晚，戰國
追	8	西周	反〔註12〕	2	西早
出〔註13〕	6	西晚	出〔註14〕	2	西早、中
遹	6	西周	戜〔註15〕	2	西早、晚
戠	6	西晚	抑	2	春早
克	6	西周、戰晚	撻	2	西中、晚
來	6	西早、中	又	2	西早，春晚
伐	5	西早、春晚、戰早	還	2	西早、晚
處	5	西中、晚、春晚	裹	2	西晚
戍	5	西早、中	師	2	西早，春晚
敦	5	西中、晚	燮	2	春早、晚
靜	5	西中、晚，春晚、戰晚	并	2	戰晚
歸	5	西早、晚	鋅	2	戰晚
入	4	西早、晚，春晚，戰早	滅	2	春中，戰晚
貫	4	西早、中，春早	勝	2	戰中
狩	4	殷～西中	救	2	春晚，戰晚
遣	4	西早、西晚	取	2	西晚、春早
于	4	西早，戰國	奪	2	西晚
弌	3	殷～西早	得	2	西早、晚
會	3	西中，戰早、晚	孚	2	西中、晚
御	3	西中、晚，春晚	敗	2	春晚，戰中
攻	3	西中，春晚	迮	2	春晚，戰國
羞	3	西晚	翻	2	西中、晚
狄	3	西中～春早	圍	2	西晚、春晚
鬭	3	西早、晚，戰晚	吾	2	西中、晚

〔註12〕屬發動戰事類，侵犯項。

〔註13〕屬發動戰事類，出發項之「出」。

〔註14〕屬發動戰事類，侵犯項之「出」。

〔註15〕屬發動戰事類，攻擊項「从戈」。

附表三：兩周金文軍事動詞字頻表——字頻＝1

單字	頻率	時代	單字	頻率	時代	單字	頻率	時代	單字	頻率	時代	單字	頻率	時代
望	1	殷商	敊	1	西晚	覆	1	戰晚	攴	1	戰晚
翻	1	春晚	監	1	西中	敵	1	西中	衛	1	西中
敊	1	西中	珊	1	春晚	次	1	西早	斂	1	春晚
玫	1	戰早	盜	1	春早	獻	1	春晚	振	1	西早
逆	1	春晚	戒	1	春晚	刜	1	春晚	刷	1	春晚
比	1	西中	逐	1	西晚	戗	1	戰國	辟	1	戰晚
隥	1	春晚	用	1	戰晚	奔	1	西中	設	1	戰晚
賢	1	春晚	出	1	西晚	被	1	戰晚	躐	1	西早
戰	1	戰晚	敆	1	戰中	奔	1	西晚	遷	1	西晚
架	1	西晚	栽	1	戰晚	秌	1	戰晚	敗	1	戰早
償	1	西晚	兼	1	戰晚	殳	1	戰晚	戠〔註16〕	1	春中
班	1	西晚	行	1	西晚	㕛	1	西晚	殺	1	戰晚
戠〔註17〕	1	西早	反〔註18〕	1	西晚	徂	1	戰國	質	1	西晚
上	1	春中	重	1	西晚	復〔註19〕	1	西早	整	1	西早
蓶	1	西中	軑	1	西晚	害	1	西中	猛	1	西晚

附表四：西周諸王軍事動詞使用狀況表〔註20〕

時王 / 動詞	武	成	康	昭	穆	恭	懿	孝	夷	厲	共和	宣
省		1	1	5	1							
遹		1				1				2		2

〔註16〕屬戰果類俘獲項下。

〔註17〕屬戰果類勝敗項，戰勝項下。

〔註18〕屬班返類。

〔註19〕屬班返類。

〔註20〕爲有效分析西周諸王的用字分布，僅羅列確知王系之動詞。

時王／動詞	武	成	康	昭	穆	恭	懿	孝	夷	厲	共和	宣
貫				2		1						
令			6	6	7		1				1	7
遣				2					1	2		
次				1								
整												1
振				1								
會												
董							1					1
比					1							
同												1
興												1
邊												1
率					2		1			4		1
以			2	2	3					1	1	
償										1		
行												1
從										1		1
奔					1					8		3
出										1		2
于		1		1								
各												1
來	2											
即					1					1		
反	1				1							
出		1			1							
吾							1					1
軌										1		
害								1				

時王 動詞	武	成	康	昭	穆	恭	懿	孝	夷	厲	共和	宣
衛					1							
處			1							1		
戍				1	4							
御					1							1
伐		5	7	9	5	1	2			23		7
戲										4		2
戬				1								1
敔								1				
敦										3		1
攻				1								
敆										1		
敵						1						
搏			1		2					1		6
羞										3		
撻						1						1
追					1					3		2
逐										1		
征	1	3		7								
禦					1					1		
蹯				1								
靜					1					1		
入				1						1		
采										1		
圍												1
召										1		
質												1
狄							1					1
闌			1									1

動詞＼時王	武	成	康	昭	穆	恭	懿	孝	夷	厲	共和	宣
喪			1									
貘										1		
復										3		
重										1		
折			1							11		10
取										1		
奪										2		
孚			7	5	1					5		4
得				1						1		
隻			2				1			1		2
執			2		1					12		8
俘					1					1		
禽										1		1
克		3			1					1		
又		1										
戜		1				1		1				
戭				1								
出										1		
奔										1		
班										1		
歸		1		2						1		1
反										1		
還				1						1		
復				1								
整										1		
裹												2
總次數	4	18	32	52	38	7	8	2	1	115	2	76

參考文獻*

一、傳統文獻

1. 漢・許慎撰、清・段玉裁注：《說文解字注》（臺北：洪葉文化事業，2001 年）。
2. 清・阮元刻本：《十三經注疏》（臺北：藝文印書館，1997 年）。

二、近人論著

1. 于正安，〈「荀子」心理動詞研究〉，《黔西南民族師範高等專科學校學報》2002 年第 3 期（2002 年 9 月）。
2. 于省吾，〈利簋銘文考釋〉，《文物》1977 年第 8 期。
3. 于省吾，〈殷代的交通工具和馹傳制度〉，《東北人民大學人文科學學報》1995 年第 2 冊。
4. 于省吾，〈牆盤銘文十二釋〉，《古文字研究》第 5 輯（1981 年），收入《金文文獻集成》第 28 冊（香港：香港明石文化，2004 年）。
5. 于省吾，〈關於「釋臣和鬲」一文的幾點意見〉，《考古》1965 年第 3 期。
6. 于省吾，〈釋𠂤、𠂤、𠂤、屮、𡿧〉，《甲骨文字釋林》（北京：中華書局，1999 年）。
7. 于省吾，〈釋盾〉，《古文字研究》第 3 輯（1980 年）。
8. 于省吾，〈釋洍〉，《甲骨文字釋林》（北京：中華書局，1999 年）。

---

* 「參考資料」所列者，爲本文行文及註解有直接參考徵引者。其排列方式，民國以前依朝代先後，民國以後按作者姓氏筆劃多寡爲序。所示參考論著，凡屬單篇論文者，作者與篇章名間以逗號（，）區隔；凡參考自專書者，作者與書名間以冒號（：）間隔。

9. 于省吾，〈釋喪〉，《甲骨文字釋林》（北京：中華書局 1999 年）。

10. 于省吾，〈釋次盜〉，《甲骨文字釋林》（北京：中華書局 1999 年）。

11. 于省吾，〈釋燮〉，《甲骨文字釋林》（北京：中華書局，1999 年）。

12. 于省吾，〈釋夕、槀、匫、虋、虐〉，《甲骨文字釋林》（北京：中華書局，1999 年）。

13. 于省吾：《雙劍誃吉金文選》（北京：中華書局，1998 年）。

14. 于省吾主編：《甲骨文字詁林》（全 4 冊）（北京：中華書局，1996 年）。

15. 于智榮：〈上古典籍中表"率領"諸義的"以"字不是介詞〉，《語文研究》2002 年第 2 期（總第 83 期）。

16. 于豪亮，〈墻盤銘文考釋〉，《古文字研究》第 7 輯（1982 年）。

17. 于鴻志，〈吳國早期重器冉鉦考〉，《東南文化》1988 年第 2 期，收入《金文文獻集成》第 29 冊（香港：香港明石文化，2004 年）。

18. 弋丹揚：《「左傳」單音節謂語動詞的配價結構淺析》（西安：陝西師範大學碩士論文，2005 年）。

19. 《中國古代青銅器》（上海：上海古籍出版社，2008 年）。

20. 中國社會科學院考古研究所編：《甲骨文合集》（全 18 冊）（北京：中華書局，1978 ～1983 年）。

21. 中國社會科學院考古研究所編：《殷周金文集成》（全 18 冊）（北京：中華書局，1984～1994 年）。

22. 中國社會科學院考古研究所編：《殷周金文集成釋文》（全 6 冊）（香港：香港中文大學出版社，2001 年）。

23. 中國軍事史編寫組：《中國軍事史：第一卷：兵器》（北京：解放軍出版社，1994 年），收入《金文文獻集成》第 29 冊（香港：明石文化，2004 年）。

24. 方述鑫，〈「史密簋」銘文中的齊師、族徒、遂人——兼論西周時代鄉遂制度與兵制的關係〉，《西川大學學報》（哲學社會科學版）1998 年第 1 期。

25. 方述鑫，〈甲骨文口形偏旁釋例〉，《古文字研究論文集》四川大學學報叢刊第 10 輯，收入《甲骨文字詁林》第 1 冊。

26. 方麗娜：《西周金文虛詞研究》（臺北：國立臺灣師範大學碩士論文，1985 年）。

27. 王欣：《甲骨文軍事刻辭研究》（廣州：中山大學碩士論文，2004 年）。

28. 王暉，〈周武王東都選址考辨〉，《中國史研究》1998 年第 1 期。

29. 王暉，〈晉侯穌鐘銘勳城之戰地理考〉，《中國歷史地理論叢》第 21 卷第 3 輯（2006 年 7 月）。

30. 王輝，〈秦器銘文叢考〉（續），《考古與文物》1989 年第 5 期，收入《金文文獻集成》第 29 冊（香港：香港明石文化，2004 年）。

31. 王輝，〈盤銘文箋釋〉，《考古與文物》2003 年第 3 期。

32. 王輝：《古文字通假字典》（北京：中華書局，2008 年）。

33. 王輝：《秦銅器銘文編年集釋》（西安：三秦出版社，1990 年）。

34. 王輝:《商周金文》(北京:文物出版社,2006 年)。

35. 王人聰,〈中文大學文物館藏「兮甲盤」及相關問題研究〉,《古璽印與古文字論集》(香港:香港中文大學文物館,2000 年)。

36. 王文耀:《簡明金文詞典》(上海:上海辭書出版社,1998 年)。

37. 王世民,〈晉侯穌鐘筆談〉,《文物》1997 年第 3 期。

38. 王占奎,〈關於靜方鼎的幾點看法〉,《文物》1998 年第 5 期。

39. 王長丰,〈「靜方鼎」的時代、銘文書寫者及其相關聯的地理、歷史〉,《華夏考古》2006 年第 1 期。

40. 王冠英,〈作冊般銅黿三考〉,《中國歷史文物》2005 年第 1 期。

41. 王國維:〈魏石經殘石考〉,《王國維遺書》第 6 冊(上海:上海書店出版社,1996 年)。

42. 王國維:《觀堂別集》(石家莊:河北教育出版社,2001 年)。

43. 王貽梁,〈「師氏」、「虎臣」考〉,《考古與文物》1989 年第 3 期。

44. 王曉衛主編:《中國軍事制度史:第五卷:兵役制度卷》(湖南:大象出版社,1997 年)。

45. 古文字詁林編纂委員會:《古文字詁林》(全 12 冊)(上海:上海教育出版社,1999 年)。

46. 田醒農、雒忠如,〈多友鼎的發現及其銘文試釋〉,《人文雜誌》1984 年第 4 期。

47. 申小龍:《漢語語法學》(南京:江蘇教育出版社,2001 年)。

48. 伍士謙,〈秦公鐘考釋〉,《四川大學學報》(哲學社會科學版)1980 年第 2 期。

49. 伍士謙,〈論西周初年的監國制度〉,《西周史研究》《人文雜誌叢刊》第 2 輯(1984 年 8 月)。

50. 朱明來:《金文的詞義系統研究》(濟南:山東大學碩士論文,2001 年)。

51. 朱歧祥:《周原甲骨研究》(臺北:學生書局,1997 年)。

52. 朱歧祥:《殷墟甲骨文字通釋稿》(臺北:文史哲出版社,1989 年)。

53. 朱習文:《甲骨文位移動詞研究》(重慶:西南師範大學碩士論文,2002 年)。

54. 朱鳳瀚,〈由伯戈父簋再論周屬王征淮夷〉,《古文字研究》第 27 輯(2008 年 10 月)。

55. 朱鳳瀚,〈作冊般黿探析〉,《中國歷史文物》2005 年第 1 期。

56. 朱鳳瀚:《商周家族形態研究》(增訂本)(天津:古籍出版社,2004 年)。

57. 朱鳳瀚,〈柞伯鼎與周公南征〉,《文物》2006 年第 5 期。

58. 朱德熙,〈翼篙屈栾解〉,《方言》1979 年第 4 期,收入《金文文獻集成》第 29 冊(香港:香港明石文化,2004 年)。

59. 朱德熙、李家浩,〈鄂君啓節考釋(八篇)〉,《紀念陳寅恪先生誕辰百年學術論文集》(北京:北京大學出版社,1989 年)。

60. 朱德熙:《語法講義》(香港:商務印書館,2007 年)。

61. 江林昌，〈新出子犯編鐘銘文史料價值初探〉，《文獻》1997 年第 3 期。

62. 何琳儀，〈者汈鐘銘校注〉，《古文字研究》第 17 輯（1989 年）。

63. 何琳儀：《戰國文字通論》（北京：中華書局，1989 年）。

64. 何琳儀：《戰國古文字典》（上下冊）（北京：中華書局，1998 年）。

65. 何樂士：《古漢語語法研究論文集》（北京：商務印書館，2000 年）。

66. 何樹環，〈金文「虫」字別解〉，《第十七屆中國文字學全國學術研討會論文集》（臺北：聖環圖書公司，2006 年 5 月）。

67. 何樹環：《西周對外經略研究》（臺北：政治大學博士論文，2000 年）。

68. 余培林：《詩經正詁》（臺北：三民書局，2005 年）。

69. 吳匡、蔡哲茂，〈釋金文汈、屬、廟諸字〉，《盡心集——張政烺先生八十慶壽論文集》（北京：中國社會科學出版社，1996 年）。

70. 吳振武，〈「戠」字的形音義〉，臺灣師範大學國文系、中研院史語所編：《甲骨文發現一百周年學術研討會論文集》（1998 年 5 月 10 日～12 日）（臺北：文史哲出版社，1999 年），頁 287。又收於王宇信、宋鎮豪主編：《夏商周文明研究（四）·紀念殷墟甲骨文發現一百周年國際學術研討會論文集》（北京：社會科學文獻出版社，2003 年）。

71. 吳鎮烽，〈史密簋銘文考釋〉，《考古與文物》1989 年第 3 期。

72. 吳鎮烽，〈新出秦公銘考釋與有關問題〉，《考古與文物》創刊號（1981 年）。

73. 呂叔湘，〈「句型和動詞學術討論會」開幕詞〉，《句型和動詞》（北京：語文出版社，1987 年）。

74. 宋崝：《「左傳」中使令動詞詞義特點對其句法結構和功能的影響》（河北：河北師範大學碩士論文，2007 年）。

75. 宋鎮豪、段志洪主編：《甲骨文獻集成》（全 41 冊）（四川：四川大學出版社，2001 年）。

76. 李零，〈讀楊家村出土的虞逑諸器〉，《中國歷史文物》2003 年第 3 期。

77. 李平心，〈「汈者鐘銘考釋」讀後記——兼釋戙、目、相、𣈎、恖、敬等字〉，《中華文史論叢》第 3 輯，1963 年，頁 91～100，收入《金文文獻集成》第 29 冊（香港：香港明石文化，2004 年）。

78. 李平心，〈〈保卣銘〉新釋〉，載《中華文史論叢》第 1 輯，1979 年，頁 57。

79. 李仲操，〈史墻盤銘文試釋〉，《文物》1978 年第 3 期，收入《金文文獻集成》第 28 冊（香港：香港明石文化，2004 年）。

80. 李仲操，〈再論史密簋所記作戰地點——兼與王輝同志商榷〉，《人文雜誌》1992 年第 2 期。

81. 李伯謙，〈晉國始封地考略〉，《中國文物報》1993 年 12 月 12 日。

82. 李孝定：《甲骨文字集釋》（臺北：中央研究院歷史語言研究所專刊之五十，1991 年）。

83. 李孝定：《金文詁林讀後記》（臺北：中央研究院歷史語言研究所，1992 年）。

84. 李宗焜，〈卜辭「再冊」與《尚書》之「誥」〉，《中央研究院歷史語言研究所集刊》第 80 本第 3 分（2009 年 9 月）。

85. 李家浩，〈庚壺銘文及其年代〉，《古文字研究》第 19 輯（1992 年）。

86. 李家浩，〈說「貘不廷方」〉，收入張光裕、黃德寬主編《古文字學論稿》（合肥：安徽大學出版社，2008 年）。

87. 李啓良，〈陝西安康市出土西周史密簋〉，《考古與文物》1989 年第 3 期。

88. 李朝遠，〈應侯見工鼎〉，原載《上海博物館集刊》第 10 期（2005 年），收入《青銅器學步集》（北京：文物出版社，2007 年）。

89. 李學勤，〈子范編鐘續談〉，《中國文物報》1996 年 1 月 7 日。

90. 李學勤，〈小盂鼎與西周制度〉，《歷史研究》1987 年第 5 期，收入《青銅器與古代史》（臺北：聯經出版社，2005 年）。

91. 李學勤，〈元氏青銅器與西周的邢國〉，《考古》1979 年第 1 期，收入《新出青銅器研究》（北京：文物出版社，1990 年）。

92. 李學勤，〈包山楚簡中的土地買賣〉，原載《中國文物報》1992 年 3 月 22 日，後收入《綴古集》（上海：古籍出版社，1998 年）。

93. 李學勤，〈史密簋銘所記西周重要史實考〉，《中國社會科學院研究生院學報》1991 年第 2 期，頁 5～9，收入《青銅器與古代史》（臺北：聯經出版社，2005 年）。

94. 李學勤，〈多友鼎的"卒"字及其他〉，《新出青銅器研究》（北京：文物出版社，1990 年）。

95. 李學勤，〈戎生編鐘論釋〉，《保利藏金》（廣州：嶺南美術出版社，1999 年）。

96. 李學勤，〈西周中期青銅器的重要標尺〉，《新出青銅器研究》（北京：文物出版社，1990 年）。

97. 李學勤，〈利簋銘與歲星〉，《夏商周年代學札記》（瀋陽：遼寧大學出版社，1999 年）。

98. 李學勤，〈師同鼎試探〉，《新出青銅器研究》（北京：文物出版社，1990 年）。

99. 李學勤，〈晉公盞的幾個問題〉，《東周與秦代文明》（北京：文物出版社，1984 年）。

100. 李學勤，〈晉侯蘇編鐘的時、地、人〉，《中國文物報》1996 年 12 月 1 日。

101. 李學勤，〈班簋續考〉，《古文字研究》第 13 輯（1986 年）。

102. 李學勤，〈從柞伯鼎銘談「世俘」文例〉，《江海學刊》2007 年第 5 期。

103. 李學勤，〈從新出青銅器看長江下游文化的發展〉，《新出青銅器研究》（北京：文物出版社，1990 年）。

104. 李學勤，〈補論子范編鐘〉，《中國文物報》1995 年 5 月 28 日。

105. 李學勤，〈試論楚公逆編鐘〉，《文物》1995 年第 2 期。

106. 李學勤，〈盤龍城與商朝的南土〉，原載《文物》1976 年第 2 期，收入《新出青銅器研究》（北京：文物出版社，1990 年）。

107. 李學勤，〈談西周屬王時器伯㦰父簋〉，《安作璋先生史學研究六十周年紀念文集》（濟南：齊魯書社，2007 年）。

108. 李學勤，〈論「景之定」及有關史事〉，《文物》2008 年第 2 期。

109. 李學勤，〈論史墻盤及其意義〉，原載《考古學報》1978 年第 2 期，後收入《新出青銅器研究》（北京：文物出版社，1990 年）。

110. 李學勤，〈論多友鼎的時代及意義〉，原載《人文雜誌》1981 年第 6 期，後收入《新出青銅器研究》（北京：文物出版社，1990 年）。

111. 李學勤，〈靜方鼎考釋〉，《第三屆國際中國古文字學研討會論文集》（香港：中文大學，1999 年）。

112. 李學勤，〈靜方鼎補釋〉，收入《夏商周年代學札記》（瀋陽：遼寧大學出版社，1999 年）。

113. 李學勤，〈靜方鼎與周昭王曆日〉，原載《光明日報》1997 年 12 月 23 日，收於《夏商周年代學札記》（瀋陽：遼寧大學出版社，1999 年）。

114. 李學勤，〈應監甗新說〉，收入《古文字詁林》第 7 冊（上海：教育出版社，1999 年）。

115. 李學勤，〈菁簋銘文考釋〉，《故宮博物院院刊》2001 年第 1 期（總第 93 期）。

116. 李學勤、祝敏申，〈盱眙壺銘與齊破燕年代〉，《文物春秋》創刊號（1989 年）。

117. 李學勤：《失落的文明》（上海：上海文藝出版社，1997 年）。

118. 李學勤：《青銅器與古代史》（臺北：聯經出版社，2005 年）。

119. 李學勤：《夏商周年代學札記》（瀋陽：遼寧大學出版社，1999 年）。

120. 李學勤：《殷代地理簡論》（臺北：木鐸出版社，1982 年）。

121. 沈林，〈甲骨文動詞斷代研究初探〉，《重慶師專學報》1998 年第 1 期。

122. 沈陽：《語言學常識十五講》（北京：北京大學出版社，2006 年）。

123. 沈融，〈中國古代的矛〉，《文物》1990 年第 2 期。

124. 沈長雲，〈由史密簋銘文論及西周時期的華夷之辨〉，《河北師院學報》（社會科學版）1994 年第 3 期。

125. 沈寶春師，〈釋凡與𠬟凡出疒〉，《第二屆國際中國古文字學研討會論文集》（香港：中文大學中國語言及文學系，1993 年）。

126. 沈寶春師，〈談西周時代的華語教學——以《周禮》、《禮記》與西周金文互證〉，《2009 年華語文與華文化教育國際研討會論文集》（新竹：玄奘大學中國語文學系、應用外語學系、財團法人海華文教基金會，2009 年 12 月 11～12 日）。

127. 周法高：《中國古代語法·造句編》（上）（臺北：中央研究院歷史語言研究所，1961 年）。

128. 周法高：《中國古代語法·構詞編》（臺北：中央研究院歷史語言研究所，1962 年）。

129. 周法高：《中國古代語法·稱代編》（臺北：中央研究院歷史語言研究所，1959

年）。

130. 周法高主編：《金文詁林》（京都：中文出版社，1981 年）。

131. 周陸曉，〈盱眙所出重金絡、陳璋圓壺讀考〉，《考古》1988 年第 3 期，收入《金文文獻集成》第 29 冊（香港：香港明石文化，2004 年）。

132. 周陸曉、張敏，〈「攻敔王光劍」跋〉，《東南文物》1987 年第 3 期，收入《金文文獻集成》第 29 冊（香港：香港明石文化，2004 年）。

133. 周鳳五，〈眉縣楊家村窖藏〈四十二年逨鼎〉銘文初探〉，《華學》第 7 輯（廣州：中山大學出版社，2004 年）。

134. 孟蓬生，〈師袁簋「弗叚組」新解〉，復旦大學出土文獻與古文字研究中心網站：http://www.guwenzi.com/SrcShow.asp?Src_ID=705（2009 年 2 月 25 日發佈）。

135. 季旭昇，〈柞伯鼎銘「無殳」小考〉，收入張光裕、黃德寬主編《古文字學論稿》（安徽：安徽大學出版社，2008 年）。

136. 季旭昇：《說文新證》（上下冊）（臺北：藝文印書館，2008 年）。

137. 屈萬里，〈曾伯霥簠考釋〉，《中央研究院歷史語言研究所集刊》第 33 本（1962 年）。

138. 屈萬里：《詩經詮釋》（臺北：聯經出版社，1998 年）。

139. 林澐，〈甲骨文中的商代方國聯盟〉，《古文字研究》第 6 輯（1981 年）。

140. 林澐，〈究竟是 "翦伐" 還是 "撲伐"〉，《古文字研究》第 25 輯（2004 年）。

141. 林澐，〈新版《金文編》正文部分釋字商榷〉，《中國古文字學第八屆年會會議論文》，1990 年。

142. 林澐，〈說飄風〉，《于省吾教授百年誕辰紀念文集》（長春：吉林大學出版社，1996 年）。

143. 林澐，〈釋史牆盤銘中的「逖虘髟」〉，《陝西博物館館刊》第 1 輯（1994 年），復收於《林澐學術文集》（一）（北京：中國大百科全書，1998 年），頁 174～183。

144. 林文華，〈「師袁簋」銘文考釋〉，《美和技術學院學報》第 20 期，2002 年

145. 林宛蓉：《殷周金文數量詞研究》（臺北：東吳大學中文系碩士在職專班碩論文，2006 年）。

146. 武振玉，〈兩周金文中「雩」的詞性和用法〉，《重慶：重慶三峽學院學報》2009 年第 1 期第 25 卷（115 期）。

147. 武振玉，〈兩周金文中的「偕同」類介詞〉，《吉林師範大學學報》（人文社會科學版）2008 年第 2 期。

148. 武振玉，〈兩周金文中的祈求義動詞〉，《瀋陽師範大學學報》（社會科學版）2008 年第 4 期。

149. 武振玉，〈兩周金文中的無指代詞〉，《長江學術》2006 年第 3 期。

150. 武振玉，〈兩周金文介詞「用」、「以」用法比較〉，《綏化學院學報》2008 年第 5 期。

151. 武振玉，〈兩周金文助動詞釋論〉，《殷都學刊》2008 年第 4 期。

152. 武振玉，〈金文「于」字用法初探〉，《吉林省教育學院學報》2005 年第 3 期。

153. 武振玉，〈金文「于」并列連詞用法辯正〉，《長春大學學報》2005 年第 5 期。

154. 武振玉，〈金文中的連詞「而」〉，《湖南科技學院學報》2005 年第 10 期。

155. 武振玉，〈試論「既」字在金文中的用法〉，《蘇州科技學院學報》（社會科學版）2005 年第 4 期。

156. 武振玉，〈試論金文中「咸」的特殊用法〉，《古漢語研究》2008 年第 1 期。

157. 武振玉，〈兩周金文中否定副詞「毋」的特殊用法〉，《長春師範學院學報》（人文社會科學版）2006 年第 1 期。

158. 武振玉：《兩周金文詞類研究（虛詞篇）》（長春：吉林大學古籍研究所博士論文，2006 年）。

159. 武振玉，〈殷周金文中的征戰類動詞〉，《北方論叢》2009 年第 4 期。

160. 邱郁茹，〈伯癸父簋〉，《首陽吉金選釋》（高雄：麗文出版社，2009 年）。

161. 金國泰，〈西周軍事銘文中的「追」字〉，《于省吾教授百年誕辰紀念文集》（長春：吉林大學出版社，1996 年 9 月）。

162. 姚孝遂，〈甲骨刻辭狩獵考〉，《古文字研究》第 6 輯（1981 年）。

163. 姚孝遂主編：《殷墟甲骨刻辭類纂》（全 3 冊）（北京：中華書局，1992 年）。

164. 段渝，〈楚公逆編鐘與周宣王伐楚〉，《社會科學研究》2004 年第 2 期。

165. 胡厚宣主編：《甲骨文合集釋文》（全 4 冊）（北京：中國社會科學出版社，1999 年）。

166. 范曉：《三個平面的語法觀》（北京：北京語言學院出版社，1996 年）。

167. 首陽齋、上海博物館、香港中文大學文物館編：《首陽吉金——胡盈瑩、范季融藏中國古代青銅器》（上海：上海古籍出版社，2008 年）。

168. 唐蘭，〈用青銅器銘文來研究西周史——附錄戔伯三器銘文的譯文和考釋〉，《唐蘭先生金文論集》（北京：紫禁城出版社，1995 年）。

169. 唐蘭，〈晉公𣂕釋〉，《國立季刊》第 4 卷第 1 號（1934 年），收入《金文文獻集成》第 29 冊（香港：明石文化公司，2004 年）。

170. 唐蘭，〈論周昭王時代的青銅器銘刻〉，原載《古文字研究》第 2 輯（1981 年），後收入《唐蘭先生金文論集》（南京：紫禁城出版社，1995 年）。

171. 唐蘭，〈論周昭王時代的青銅器銘刻〉，原載《古文字研究》第 2 輯（1981 年），後收錄於《唐蘭先生金文論集》（南京：紫禁城出版社，1995 年）。

172. 唐蘭：《西周青銅器銘文分代史徵》（北京：中華書局，1986 年）。

173. 唐蘭：〈釋𣄼〉，《殷虛文字記》（北京：中華書局，1981 年）。

174. 唐智燕：《今文「尚書」動詞語法研究》（桂林：廣西師範大學碩士論文，2003 年）。

175. 唐鈺明：《定量和變換——古文字資料詞匯語法研究的重要方法》（廣州：中山

大學中文研究所博士論文，1988 年）。

176. 夏含夷，〈西周之衰微〉，《盡心集：張政烺先生八十慶壽論文集》（北京：中國社會科學出版社，1996 年）。

177. 夏商周斷代工程專家組：《夏商周斷代工程 1996～2000 年階段成果報告》（北京：世界圖書出版公司，2000 年）。

178. 孫常敘，〈智鼎銘文通釋〉，《吉林師大學報》1977 年第 4 期，收入《金文文獻集成》第 28 冊（香港：香港明石文化，2004 年）。

179. 孫常敘，〈秦公及王姬鐘、鎛銘文考釋〉，《東北師大學報》（哲學社會科學版）1978 年第 4 期。

180. 孫慶偉，〈從新出戱簋看昭王南征與晉侯燮父〉，《文物》2007 年第 1 期。

181. 孫麗娟：《今文「尚書」動詞研究》（揚州：揚州大學碩士論文，2007 年）。

182. 容庚：《金文編》第 4 版（北京：中華書局，1985 年）。

183. 容庚：《商周彝器通考》（臺北：文史哲出版社，1985 年）。

184. 師玉梅，〈系、聯、等字同源〉，《古漢語研究》2006 年第 1 期（總第 70 期）。

185. 師玉梅，〈釋繼🐚〉，《漢字研究》第 1 輯（北京：學苑出版社，2005 年）。

186. 徐中舒，〈西周墻盤銘文釋〉，《考古學報》1978 年第 2 期，收入《金文文獻集成》第 28 冊（香港：香港明石文化，2004 年）。

187. 徐中舒，〈禹鼎的年代及其相關問題〉，《考古學報》1959 年第 3 期，收入《川大史學·徐中舒卷》（四川：四川大學出版社，2006 年）。

188. 徐中舒：《甲骨文字典》（成都：四川辭書出版社，1998 年）。

189. 徐中舒：《先秦史論稿》（成都：巴蜀書社，1992 年）。

190. 徐中舒：《漢語古文字字形表》（臺北：文史哲出版社，1982 年）。

191. 徐適端：《「韓非子」單音動詞語法研究》（成都：巴蜀書社，2002 年）。

192. 耿鐵華，〈關於西周監國制度的幾件銅器〉，《考古與文物》1985 年第 4 期，收入《金文文獻集成》第 40 冊（香港：香港明石文化，2004 年）。

193. 馬承源，〈戎生鐘銘文的探討〉，《保利藏金》（廣州：嶺南美術出版社，1999 年）。

194. 馬承源，〈晉侯鞁盨〉，《第二屆國際中國古文字學研討會論文集》（香港：香港中文大學中文系，1993 年）。

195. 馬承源，〈晉侯穌編鐘〉，《上海博物館集刊》1996 年第 7 輯。

196. 馬承源：《中國青銅器銘文研究》（上海：上海古籍出版社，2002 年）。

197. 馬承源：《商周青銅器銘文選》（全四冊）（北京：文物出版社，1988 年）。

198. 馬承源主編：《上海博物館藏戰國楚竹書（四）》（上海：上海古籍出版社，2004 年）。

199. 馬建忠：《馬氏文通》（北京：商務印書館，1983 年）。

200. 高亨：《古字通假會典》（山東：齊魯書社，1997 年）。

201. 高佑仁：《「上海博物館藏戰國楚竹書（四）·曹沫之陣」研究》（共 2 冊）（台北：

花木蘭文化出版社，2008 年）。

202. 高順全：《三個平面的語法研究》（上海：學林出版社，2004 年）。

203. 商承祚，〈說文中之古文攷〉，《金陵大學學報》第 5 卷第 2 期，收入《古文字詁林》第 5 冊。

204. 商艷濤，〈西周金文所見與征伐相關的幾種活動〉，《東方文化》待刊稿。

205. 商艷濤，〈金文「戠」字補議〉，《古漢語研究》總第 79 期（2008 年 2 月）。

206. 商艷濤，〈金文中「征」值得注意的用法〉，《華南師範大學學報》（社會科學版）2007 年第 5 期。

207. 商艷濤，〈金文中的一組征伐用語〉，《中國語文研究》2007 年第 2 期。

208. 商艷濤，〈金文中的俘獲用語〉，《語言科學》第 6 卷第 5 期（2007 年 9 月）。

209. 商艷濤，〈金文札記二則〉，《嘉興學院學報》第 19 卷第 5 期（2007 年 9 月）。

210. 商艷濤：《西周軍事銘文研究》（廣州：中山大學博士論文，2006 年）。

211. 崔立斌：《「孟子」詞類研究》（開封：河南大學出版社，2003 年）。

212. 張文國、張能甫：《古漢語語法學》（四川：巴蜀書社，2004 年）。

213. 張世超，〈說從〉，《松遼學刊》1985 年第 4 期。

214. 張世超等：《金文形義通解》（全 3 冊）（京都：中文出版社，1996 年）。

215. 張永山，〈史密簋銘與周史研究〉，《盡心集：張政烺先生八十慶壽論文集》（北京：中國社會科學出版社，1996 年）。

216. 張永山，〈試論金文所見宗周的軍事防禦體系〉，《考古學研究（六）——慶祝高明先生八十壽辰暨從事考古研究五十周年論文集》（北京：科學出版社，2006 年）。

217. 張玉金，〈《詩經》《尚書》中「誕」字的研究〉，《古漢語研究》1994 年第 3 期。

218. 張玉金，〈論甲骨文中表示兩事先後關係的虛詞〉，《古漢語研究》1998 年第 3 期。

219. 張玉金：《西周漢語語法研究》（北京：商務印書館，2004 年）。

220. 張光裕，〈新見保員簋銘試釋〉，《考古》1991 年七期，頁 649～652。

221. 張光裕，〈新見楚式青銅器器銘試釋〉，《文物》2008 年第 1 期

222. 張光遠，〈春秋晚期齊莊公時庚壺考〉，《故宮季刊》1982 年第 3 期（第 16 卷）。

223. 張亞初，〈古文字源流疏證釋例〉，《古文字研究》第 21 輯。

224. 張亞初，〈甲骨金文零釋〉，《古文字研究》第 6 輯（1981 年）。

225. 張亞初，〈金文考証例釋〉，《第三屆國際中國古文字學研討會論文集》。

226. 張亞初，〈談多友鼎銘文的幾個問題〉，《考古與文物》1982 年第 3 期，後收入《金文文獻集成》第 28 冊（香港：明石文化，2004 年）。

227. 張亞初、劉雨：《西周金文官制研究》（北京：中華書局，2004 年）。

228. 張亞初：《殷周金文集成引得》（北京：中華書局，2001 年）。

229. 張政烺，〈利簋釋文〉，《考古》1978 年第 1 期。

230. 張政烺，〈釋戠〉，《古文字研究》第 6 輯（1981 年 11 月）。

231. 張政烺,〈庚壺釋文〉,《出土文獻研究》(北京:文物出版社,1985 年),收入《金文文獻集成》第 29 冊 (香港:明石文化,2004 年)。

232. 張秋霞:《「左傳」征戰類動詞研究》(長春:吉林大學碩士論文,2009 年 4 月)。

233. 張培瑜、張健,〈文獻記載的三代世系年代伐紂天象與歲鼎〉,《人文與社會學報》第 1 期 (高雄:義守大學,2002 年)。

234. 張祥友:《「說文解字」軍事詞研究》(重慶:西南大學碩士論文,2007 年)。

235. 張懋鎔,〈安康出土的史密簋及其意義〉,《文物》1989 年第 7 期,收於氏著《古文字與青銅器論集》(北京:科學出版社,2002 年)。

236. 張懋鎔,〈靜方鼎小考〉,《文物》1998 年第 5 期。

237. 張麗麗,〈返回義趨向詞作狀語──從語義框架看虛化〉,《漢語趨向詞之歷史與方言類型暨第六屆海峽兩岸語法史研討會論文集》(臺北:中央研究院語言學研究所,2009 年 8 月 26~27 日),頁 265~266。

238. 曹錦炎,〈吳王壽夢之子劍銘文考釋〉,《文物》2005 年第 2 期。

239. 曹錦炎,〈吳越青銅器銘文述編〉,《古文字研究》第 17 輯(1989 年)。

240. 畢秀潔:《「詩經」到達義動詞研究》(長春:吉林大學碩士論文,2007 年)。

241. 寇占民:《西周金文動詞研究》(北京:首都師範大學博士論文,2009 年)。

242. 莊惠茹,〈金文「某伐」詞組研究〉,《古文字研究》第 27 輯(2008 年)。

243. 莊惠茹:《兩周金文助動詞詞組研究》(臺南:國立成功大學中國文學研究所碩士論文,2003 年)。

244. 連劭名,〈史墻盤銘文研究〉,《古文字研究》第 8 輯(1983 年)。

245. 郭旭東,〈商代的軍情觀察與傳報〉,收於郭旭東主編:《殷商文明論集》(北京:中國社會科學出版社,2008 年)。

246. 郭旭東,〈從甲骨文字「省」「徇」看商代的巡守禮〉,《中州學刊》2008 年 3 月第 2 期。

247. 郭沫若,〈關於鄂君啟節的研究〉,《文物參考資料》1958 年第 4 期。

248. 郭沫若,〈釋應監甗〉,《考古學報》1960 年第 1 期。

249. 郭沫若:《卜辭通纂考釋》(東京:文求堂書店,1933 年)。

250. 郭沫若:《兩周金文辭大系攷釋》(景印本)。

251. 郭鳳花:《甲骨文謂賓動詞研究》(重慶:西南師範大學碩士論文,2003 年)。

252. 郭錫良,〈介詞「于」的起源和發展〉,《中國語文》1997 年第 2 期。

253. 郭錫良,〈四十年來古漢語語法研究述評〉,《中國語文研究四十年紀念文集》(北京:語言學院出版社,1993 年)。

254. 郭錫良:〈介詞"以"的起源和發展〉,《古漢語研究》1998 年第 1 期 (總第 38 期)。

255. 郭錫良:《古代漢語專書語法研究》叢書序 (河南:河南大學出版社,2002 年)。

256. 郭錫良:《漢字古音手冊》(北京:北京大學出版社,1986 年)。

257. 陳英傑：《西周金文作器用途銘辭研究》（上下冊）（北京：綫裝書局，2008 年）。

258. 陳壽，〈大保簋的復出和大保諸器〉，《考古與文物》1980 年第 4 期。

259. 陳劍，〈據郭店簡釋讀西周金文一例〉，《北京大學中國古文獻研究中心集刊》第 2 輯（北京：燕山出版社，2001 年 4 月），後收入氏著《甲骨金文考釋論集》（北京：綫裝書局，2007 年）。

260. 陳劍，〈甲骨金文「戠」字補釋〉，原載《古文字研究》第 25 輯（2004 年），收入《甲骨金文考釋論集》（北京：綫裝書局，2007 年）。

261. 陳劍，〈晉侯墓銅器小識〉，《中國歷史文物》2006 年第 6 期。

262. 陳劍，〈釋造〉，《出土文獻與古文字研究》第 1 輯（上海：復旦大學出版社，2006 年），後收於《甲骨金文考釋論集》（北京：綫裝書局，2007 年）。

263. 陳劍：《甲骨金文考釋論集》（北京：綫裝書局，2007 年）。

264. 陳公柔，〈「曾伯霶簠」銘中的「金道錫行」及相關問題〉，原載中國社會科學院考古研究所編著，《中國考古學論叢——中國社會科學院考古研究所建所四十年紀念》（北京：科學出版社，1993 年），後收入陳公柔：《先秦兩漢考古學論叢》（北京：文物出版社，2005 年）。

265. 陳世輝，〈墻盤銘文解說〉，《考古》1980 年第 5 期，收入《金文文獻集成》第 28 冊（香港：明石文化，2004 年）。

266. 陳年福：《甲骨文動詞詞匯研究》（成都：巴蜀書社，2001 年）。

267. 陳初生：《金文常用字典》（高雄：復文出版社，1992 年）。

268. 陳昭容，〈秦公簋的時代問題：兼論石鼓文的相對年代〉，《中央研究院歷史語言研究所集刊》第 64 本第 4 分（1993 年）。

269. 陳昭容，〈釋古文字中的「丵」及從「丵」諸字〉，《中國文字》新 22 期（1997 年 12 月）。

270. 陳美蘭，〈金文札記二則——「追郡」、「淖淖列列」〉，《中國文字》新 24 期（1998 年）。

271. 陳美蘭：《西周金文地名研究》（臺北：臺灣師範大學國文研究所碩士論文，1998 年）。

272. 陳美蘭：《兩周金文複詞研究》（臺北：國立臺灣師範大學博士論文，2003 年）。

273. 陳恩林：《先秦軍事制度研究》（長春：吉林文史出版，1991 年）。

274. 陳高志：《西周金文所見軍禮探微》（臺北：國立台灣大學博士論文，2002 年）。

275. 陳高春：《實用漢語語法大辭典》（增補本）（北京：中國勞動出版社，1995 年）。

276. 陳連慶，〈敔簋銘文淺釋〉，《古文字研究》第 9 輯（1984 年）。

277. 陳新雄等編：《語言學辭典》（臺北：三民書局，1989 年）。

278. 陳煒湛，〈甲骨文同義詞研究〉，原載《古文字學論集初編》（香港：香港中文大學，1983 年），後收入《甲骨文論集》（上海：上海古籍出版社，2003 年）。

279. 陳煒湛、唐鈺明：《古文字學綱要》（廣東：新華書局，1990 年）。

280. 陳夢家：《西周銅器斷代》（上下冊）（北京：中華書局，2004 年）。

281. 陳夢家：《殷墟卜辭綜述》（北京：科學出版社，1956 年）。

282. 陳漢平：《金文編訂補》（北京：中國社會科學出版社，1993 年）。

283. 陳雙新，〈子範編鐘銘文補議〉，《考古與文物》2003 年第 1 期。

284. 陳雙新：《兩周青銅樂器銘辭研究》（保定：河北大學出版社，2003 年）。

285. 麻愛民，〈墻盤與文獻新證〉，《語言研究》第 23 卷第 3 期（2003 年 9 月）。

286. 喻遂生，〈甲骨文動詞和介詞的爲動用法〉，《漢語史研究集刊》第 2 輯（成都：巴蜀書社，2000 年）。

287. 彭曦，〈逨盤銘文的譯及簡析〉，《寶雞文理學院學報》（社會科學版），第 23 卷第 5 期（2003 年 10 月）。

288. 彭裕商，〈金文研究與古代典籍〉，《四川大學學報》1993 年第 1 期。

289. 彭裕商，〈渣司徒逐白簋考釋及相關問題〉，《紀念于省吾先生百歲誕辰紀念文集》。

290. 彭裕商：《西周青銅器年代綜合研究》（成都：巴蜀書社，2003 年）。

291. 曾憲通，〈「作」字探源——兼談耒字的流變〉，《古文字研究》第 19 輯（1992 年）。

292. 湯餘惠，〈洀字別議〉，《容庚先生百年誕辰紀念文集》（廣東：人民出版社，1998 年）。

293. 湯餘惠：《戰國文字編》（福州：福建人民出版社，2001 年）。

294. 童超主編：《中國軍事制度史：第四卷：後勤制度卷》（湖南：大象出版社，1997 年）。

295. 童書業：《春秋左傳研究》（上海：上海人民出版社，1980 年）。

296. 閆華：《西周金文動詞研究》（合肥：安徽大學博士論文，2008 年）。

297. 黃天樹：《黃天樹古文字論集》（北京：學林出版社，2006 年）。

298. 黃天樹，〈禹鼎銘文補釋〉，收入張光裕、黃德寬主編《古文字學論稿》（合肥：安徽大學出版社，2008 年）。

299. 黃天樹，〈柞伯鼎銘文補釋〉，《中國文字》新 32 期。

300. 黃國輝，〈小子𪔅卣記時新證——兼談「邁子受鈕鐘」的記時辭例〉，《中國歷史文物》2008 年第 4 期。

301. 黃盛璋，〈「敔（捷）齋（劑）」及其和兵器製造關係新考〉，《古文字研究》第 15 輯（1986 年）。

302. 黃盛璋，〈多友鼎的歷史與地理問題〉，《人文雜誌》1983 年第 1 期，收入《金文文獻集成》第 28 冊（香港：明石文化，2004 年）。

303. 黃盛璋，〈晉侯蘇鐘銘在巡狩制度、西周曆法、王年與歷史地理研究上指迷與發覆〉，《中國文化研究所學報》2000 年第 9 期。

304. 黃盛璋，〈駒父盨蓋銘文研究〉，《考古與文物》1983 年第 4 期。

305. 黃盛璋,〈關於詢簋的製作年代與虎臣的身份問題〉,《考古》1961 年第 6 期。

306. 黃聖松,〈釋金文「戔人」、〈戈戔徒〉〉,《成大中文學報》第 15 期（2006 年 12 月）。

307. 黃德寬,〈釋金文字〉,《容庚先生百年誕辰紀念文集》（廣州：廣東人民出版社，1998 年）。

308. 黃德寬主編：《古文字譜系疏證》（全 4 冊）（北京：商務印書館，2007 年）。

309. 黃德寬,〈釋琉璃河太保二器中的「宋」字,張光裕、黃德寬主編：《古文字學論稿》（合肥：安徽大學出版社，2008 年 4 月）。

310. 黃德馨：《楚爰金研究》（北京：光明日報出版社，1991 年）。

311. 黃錫全,〈「大武闘兵」淺析〉,《江漢考古》1983 年第 2 期。

312. 黃錫全,〈尖足空首布「下虒」考〉,《中國錢幣》2000 年第 2 期,收入《先秦貨幣研究》（北京：中華書局，2001 年）。

313. 黃錫全,〈晉侯蘇編鐘幾處地名試探〉,《江漢考古》1997 年第 4 期。

314. 黃錫全,〈新出晉「搏伐楚荊」編鐘銘文述考〉,《長江文化論集》（湖北：湖北教育出版社，1995 年）。

315. 黃錫全,〈楚簡「𧪒」字簡釋〉,《簡帛研究 2001》（廣西：教育出版社，2001 年），收入《先秦貨幣研究》（北京：中華書局，2001 年）。

316. 黃錫全,〈燕破齊史料的重要發現〉,《古文字研究》第 24 輯（2002 年）。

317. 黃錫全、于炳文,〈山西晉侯墓地所出楚公逆鐘銘文初釋〉,《考古》1995 年第 2 期。

318. 黃錫全、劉森淼,〈「救秦戎」鐘銘文新釋〉,《江漢考古》1992 年第 1 期。

319. 黃懷信,〈利簋銘文再認識〉,《歷史研究》1998 年第 6 期。

320. 楊寬：《西周史》（上海：上海人民出版社，1999 年）。

321. 楊伯峻、何樂士：《古漢語語法及其發展》（上下冊）（修訂本）（北京：語文出版社，2003 年）。

322. 楊伯峻：《春秋左傳注》（北京：中華書局，1981 年）。

323. 楊逢彬：《殷墟甲骨刻辭詞類研究》（廣州：花城出版社，2003 年）。

324. 楊樹達,〈釋追逐〉,《積微居甲文說》（上海：上海古籍出版社，2006 年）。

325. 楊樹達：《詞詮》（上海：上海古籍出版社，2008 年）。

326. 楊樹達：《積微居金文說》（北京：中華書局，1997 年）。

327. 楊懷源：《西周金文詞匯研究》（成都：四川大學博士論文，2006 年）。

328. 葉玉森：《殷墟書契前編集釋卷一》,收入《古文字詁林》第 10 冊（上海：教育出版社，1999 年）。

329. 董珊,〈出土文獻所見「以謚爲族」的楚王族——附說《左傳》「諸侯以字爲謚因以爲族」的讀法〉,復旦大學出土文獻與古文字研究中心網頁（2008 年 2 月 17 日首發）：http://www.gwz.fudan.edu.cn/SrcShow.asp?Src_ID=341。

330. 董珊,〈晉侯墓出土楚公逆鐘銘文新探〉,《中國歷史文物》2006 年第 6 期。

331. 董珊,〈略論西周單氏家族窖藏青銅器銘文〉,《中國歷史文物》2003 年第 4 期。

332. 董珊,〈越汈者鐘銘新論〉,《東南文化》2008 年第 2 期（總第 202 期）。

333. 董珊、陳劍,〈郾王職壺銘文研究〉,《北京大學中國古文獻研究中心集刊》第 3 輯（2002 年 10 月）。

334. 裘錫圭,〈戎生編鐘銘文考釋〉,《保利藏金》（廣州市：嶺南美術出版社,1999 年）。

335. 裘錫圭,〈也談子犯編鐘〉,《故宮文物月刊》第 13 卷第 5 期（總 149 期）（1994 年 8 月）。

336. 裘錫圭,〈太一生水「名字」章解釋——兼論太一生水的分章問題〉,《古文字研究》第 22 輯（2000 年）。

337. 裘錫圭,〈史墻盤銘解釋〉,《文物》1973 年第 3 期,收入《金文文獻集成》第 28 冊（香港：香港明石文化,2004 年）及《古文字論集》（北京：中華書局,1992 年）。

338. 裘錫圭,〈史墻盤銘解釋〉,《文物》1978 年第 3 期,收入《金文文獻集成》第 28 冊（香港：香港明石文化,2004 年）。

339. 裘錫圭,〈史墻盤銘解釋〉,《古文字論集》（北京：中華書局,1992 年）。

340. 裘錫圭,〈甲骨文中的幾種樂器名稱——釋「庸」、「豐」、「鞀」〉,原載《中華文史論叢》1980 年第 2 輯,後收入《古文字論集》（北京：中華書局,1992 年）。

341. 裘錫圭,〈晉侯蘇鐘筆談〉,《文物》1997 年第 3 期。

342. 裘錫圭,〈說「以」〉,《古文字論集》（北京：中華書局,1992 年）。

343. 裘錫圭,〈說「肩凡有疾」〉,《故宮博物院院刊》2000 年第 1 期。

344. 裘錫圭,〈論或簋的兩個地名——棫林和胡〉,《古文字論集》（北京：中華書局,1992 年）。

345. 裘錫圭,〈戰國璽印文字考釋三篇〉,《古文字研究》第 10 輯（1983 年）。

346. 裘錫圭,〈關於晉侯銅器銘文的幾個問題〉,《傳統文化與現代化》1994 年第 2 期（總第 8 期）。

347. 裘錫圭,〈釋"勞""秀"〉,《古文字論集》（北京：中華書局,1992 年）。

348. 裘錫圭,〈釋弋〉,《古文字研究》第 3 輯（1980 年）。

349. 裘錫圭,〈釋祕〉,《古文字研究》第 3 輯（1980 年）。

350. 裘錫圭,〈釋殷虛甲骨文裡的「袁」、「狀」(邇)及有關諸字〉,《古文字研究》第 12 輯（1985 年）。

351. 裘錫圭,〈釋殷墟卜辭中與建築有關的兩個詞——「門塾」與「臼」〉,原載《出土文獻研究》第 2 輯,後收入《古文字論集》（北京：中華書局,1992 年）。

352. 裘錫圭:《中國出土古文獻十講》（上海：復旦大學出版社,2004 年）。

353. 裘錫圭:《文字學概要》（北京：商務印書館,2007 年）。

354. 賈燕子：《甲骨文祭祀動詞句型研究》（重慶：西南師範大學碩士論文，2003 年）。

355. 鄒芙都：《楚系銘文綜合研究》（成都：四川大學歷史文化學院博士論文，2004 年）。

356. 雷晉豪：《「周道」：封建時代的官道》（臺南：國立成功大學歷史研究所碩士論文，2009 年）。

357. 銀雀山漢墓竹簡整理小組編：《銀雀山漢墓竹簡》（北京：文物出版社，1985 年）。

358. 管燮初，〈說戕〉，《中國語文》1978 年第 3 期，頁 206。

359. 管燮初：《西周金文語法研究》（北京：商務印書館，1981 年）。

360. 管燮初：《殷墟甲骨刻辭的語法研究》（北京：中國科學院，1953 年）。

361. 聞宥，〈殷虛文字孳乳研究〉，《東方雜誌》25 卷 3 號。

362. 臧克和等：《金文引得》（殷商西周卷）（廣西：廣西教育出版社，2001 年）。

363. 臧克和等：《金文引得》（春秋戰國卷）（廣西：廣西教育出版社，2002 年）。

364. 趙誠，〈甲骨文行為動詞探索（一）〉，《殷都學刊》1987 年第 3 期。

365. 趙誠，〈甲骨文動詞探索（二）——關於動詞與名詞〉，《古文字研究》第 19 輯（1992 年）。

366. 趙誠，〈甲骨文動詞探索（二）——關於被動式〉，《中國語言學報》（北京：商務印書館，1991 年）。

367. 趙誠，〈牆盤銘文補釋〉，《古文字研究》第 5 輯（1981 年），又收入《金文文獻集成》第 28 冊（香港：明石文化，2004 年）。

368. 趙誠：〈甲骨文虛詞探索〉《古文字研究》第 15 輯（1986 年）。

369. 趙嚴：《幾組上古漢語軍事同義詞研究》（長春：東北師範大學碩士論文，2006 年）。

370. 趙世超，〈西周政治關係、地緣關係與血緣關係并存現象剖析〉，《周文化論集》（陝西：三秦出版社，1993 年），頁 95～102 轉 99。

371. 趙平安，〈「達」字兩系說——兼釋甲骨文所謂「途」和齊金文中所謂「造」字〉，《中國文字》新 27 期（2001 年）。

372. 趙平安，〈釋古文字資料中的「畬」及相關諸字〉，《中國文字研究》第 2 輯，華東師大中國文字研究與應用中心編（南寧：廣西教育出版社，2001 年）。

373. 鄢國盛，〈關於柞伯鼎銘「無殳」一詞的一點意見〉，轉刊於中國社科院先秦史研究室網頁。

374. 劉利：《先秦漢語助動詞研究》（北京：北京師範大學出版社，2000 年）。

375. 劉雨，〈多友鼎銘的時代與地名考訂〉，《考古》1983 年第 2 期，收入《金文文獻集成》第 28 冊（香港：明石文化，2004 年）。

376. 劉雨，〈多友鼎銘的時代與地名考訂〉，《考古與文物》1982 年第 3 期，收入《金文文獻集成》第 28 冊（香港：明石文化，2004 年）。

377. 劉雨，〈西周金文中的軍事〉，《胡厚宣先生紀念文集》（北京：科學出版社，1998

年）。

378. 劉雨，〈西周金文中的軍禮〉，《容庚先生百年誕辰紀念文集》（廣州：廣東人民出版社，1998 年）。

379. 劉雨，〈關於安徽南陵吳王光劍銘釋文〉，《文物》1982 年第 8 期。

380. 劉青，〈「易經」心理動詞語法功能析微——兼與甲骨卜辭比較〉，《重慶師院學報》（哲學社會科學版），2002 年第 2 期。

381. 劉桓，〈釋甲骨文𨑓字——兼說「王于（某地）」卜辭的性質〉，《考古》2005 年第 11 期。

382. 劉釗，〈卜辭所見殷代的軍事活動〉，《古文字研究》第 16 輯（1989 年）。

383. 劉釗，〈利用郭店楚簡字形考釋金文一例〉，《古文字研究》第 24 輯（2002 年），收入《古文字考釋叢稿》（湖南：岳麓書社，2005 年）。

384. 劉釗，〈利簋銘文新解〉，《古文字研究》第 26 輯（2006 年）。

385. 劉釗，〈談史密簋銘文中的「眉」字〉，《考古》1995 年第 5 期。

386. 劉釗，〈釋「儥」及相關諸字〉，原載《中國文字》新 28 期，頁 123～132，收入《古文字考釋叢稿》（湖南：岳麓出版社，2005 年）。

387. 劉釗：《古文字構形學》（福州：福建人民出版社，2006 年）。

388. 劉士莪、尹盛平，〈微氏家族青銅器群研究〉，《西周微氏家族青銅器群研究》（北京：文物出版社，1992 年）。

389. 劉平生，〈安徽南陵縣發現吳王光劍〉，《文物》1982 年第 5 期。

390. 劉彬徽：《楚系青銅器研究》（湖北：教育出版社，1995 年）。

391. 劉彬徽：《早期文明與楚之化研究》（長沙：岳麓書社，2001 年）。

392. 劉紹祥主編：《中國軍事制度史：第一卷：軍事組織體制編制卷》（湖南：大象出版社，1997 年）。

393. 劉翔等著：《商周古文字讀本》（北京：語文出版社，1989 年）。

394. 劉慶柱，段志洪主編：《金文文獻集成》（香港：明石文化，2004 年）。

395. 劉樂賢，〈釋《說文》古文慎字〉，《考古與文物》1993 年第 4 期。

396. 潘玉坤：《西周金文語序研究》（上海：華東師範大學出版社，2005 年）。

397. 蔣志斌：《四版金文編校補》（長春：吉林大學出版社，2001 年）。

398. 蔡哲茂，〈甲骨文葬字及其相關問題〉，《第二屆國際中國古文字學研討會論文集續編》（香港：中文大學中國語言及文學系，1993 年）。

399. 蔡哲茂，〈再論子犯編鐘〉，《故宮文物月刊》第 13 卷第 6 期（1995 年 9 月）。

400. 蔡哲茂，〈說遣又𣍘〉，《中國文字》第 51 冊（1974 年 3 月），收入《甲骨文獻集成》第 13 冊（四川：四川大學出版社，2001 年）。

401. 鄭憲仁，〈銅器銘文所見聘禮研究〉，《經學研究論叢》第 16 輯（臺北：臺灣學生書局，2009 年），頁 123～152。

402. 鄭繼娥：《甲骨文動詞語法研究》（重慶：西南師範大學碩士論文，1996 年）。

403. 鄭繼娥：《甲骨文祭祀卜辭語言研究》（成都：巴蜀書社，2007 年）。

404. 鄧飛，〈不其簋銘文"永追"考〉，《伊犁師範學院學報》2002 年第 4 期。

405. 鄧飛，〈西周金文軍事動詞的來源和時代淺析〉，《西華師範大學學報》（哲學社會科學版）2005 年第 2 期。

406. 鄧飛，〈兩周金文軍事動詞語法分析〉，《樂山師範學院學報》第 23 卷第 6 期（2008 年 6 月）。

407. 鄧飛：《兩周金文軍事動詞研究》（重慶：西南師範大學碩士論文，2003 年）。

408. 鄧章應：《西周金文句法研究》（重慶：西南師範大學碩士論文，2004 年）。

409. 黎錦熙：《新著國語文法》（北京：商務印書館，1955 年）。

410. 諶于藍：《金文同義詞研究》（廣州：華南師範大學，2002 年）。

411. 戴家祥，〈墻盤銘文通釋〉，《師大校刊》1978 年，收入周法高編撰：《金文詁林補》第 1 冊（臺北：中央研究院歷史語言研究所，1997 年）。

412. 戴家祥：《金文大字典》（中）（上海：學林出版社，1995 年）。

413. 鍾柏生，〈卜辭中所見殷代的軍禮之二：殷代的大蒐禮〉，《中國文字》新 16 期（1992 年 4 月）。

414. 鍾柏生，〈釋「𠬞」及其相關問題〉，《史語所集刊》第 58 期（1987 年），收入《鍾柏生古文字論文自選集》（臺北：藝文印書館，2008 年）。

415. 鍾柏生、陳昭容、黃銘崇、袁國華編：《新收殷周青銅器銘文暨器影彙編》（全 3 冊）（臺北：藝文印書館，2006 年）。

416. 鍾海軍，〈淺談「老子」單音動詞〉，《四川師範學院學報》（哲學社會科學版）2002 年第 5 期（2002 年 9 月）。

417. 鍾發遠：《「論語」動詞研究》（重慶：西南師範大學碩士論文，2003 年）。

418. 韓劍南：《甲骨文攻擊類動詞研究》（重慶：西南師範大學碩士論文，2005 年）。

419. 羅蓓蕾：《左傳軍事詞語研究》（桂林：廣西師範大學碩士論文，2004 年）。

420. 譚戒甫，〈周初𰯲器銘文綜合研究〉，《武漢大學人文科學學報》1956 年第 1 期，收入《金文文獻集成》第 29 冊。

421. 蘇建洲，〈《苦成家父》簡 9「帶」字考釋〉，《中國文字》新 33 期（2007 年 12 月）。後增補發表於「復旦大學出土文獻與古文字研究中心」網站，網址：http://www.guwenzi.com/Srcshow.asp?Src_ID=447。

422. 饒宗頤，〈汈者編鐘銘釋〉，《金匱考古綜合刊》第 1 輯。

423. 饒宗頤，〈說競埔、埔夜君與埔皇〉，《文物》1981 年第 5 期。

424. 顧鐵符：《夕陽芻稿》（北京：紫禁城出版社，1988 年）。

後 記

開始寫作博論，感覺像是走入靈山，面對論文的同時，也是面對自己的生命本身。撰寫論文時所遭遇的文本、生活、心靈困頓，每一次的蹭蹬都教我學習如何更正心誠意面對這上天的恩寵。

轉山一圈，今日緩緩步出，心底的那篇誌謝幾經易稿，滿懷感恩，難以言詮。

很開心在寶師的引領下走上古文字的路子，當年在文字學課堂上，老師以清麗的筆觸在黑板上寫下的一筆一劃，促使我溯古而行，走向先秦的燦燦吉金。師徒情織十餘載，從課業研習到處世依則，學生總深深地領受著老師的提攜、教導與關愛，老師那豐厚的學識以及溫潤的學者風雅，像首優美的旋律，迴旋著香氣。

感謝王三慶老師、朱歧祥老師、許學仁老師、汪中文老師十分仔細地審查了這本論文，並在初審及口試時惠予諸多寶貴建議與鼓勵，讓學生受益良多。謝謝季旭昇老師、許常謢老師、仇小屏老師、武振玉老師、麥里筱博士的關心與鼓勵，也謝謝徐在國老師、商艷濤老師惠贈資料與著作。

在漫漫的書寫過程中，謝謝同班好友淑蘋一次次把我從佈蔓的山居喚出，同妳談笑是這段時日裡最輕鬆的時刻，那些茶餘飯後的雲淡風清，妳知道的，將會陪伴我許多年許多年這麼走下去。謝謝師門妍伶、郁茹、佑仁、慧賢、宇衛、雅雯學姐的鼎力相助與加油打氣。甜美的妍伶總時時捎來關懷訊息，並貼

心地接下許多煩人雜務；而細心的郁茹也總幫忙了好多瑣事，妳們是常昏頭的我最安心的後盾。謝謝佑仁不厭其煩的曉以楚簡，並即時傳遞參考資料。感謝慧賢跨海為我求得苦尋無著的論文，也謝謝宇衛每從台大惠寄資料。還要謝謝瑩真當年在龍山寺求得的智慧符。感謝身邊這群直、諒而多聞的貴人朋友們，豐富了入山後的每一哩路。

謝謝福明當年要我把猶疑鎖進車站保險箱裡；十年過去，雖然生活與學業仍常令人灰頭土臉，但拍掉塵土後，我會記得時時提領勇氣。

謝謝公婆的入學獎學金，謝謝哥哥的照顧，謝謝正炫的溫柔守候，謝謝可愛詠捷寶的體貼與窩心，更要深深地感謝爹娘數十年來的育成之恩，是你們用豐厚的關愛匯聚了這片讓我安心停靠的寧靜海。

薰風輕拂，桐花飄舞，那 123 個曾辟辟啪啪奇幻成獸予我銀蹄飛躍似雪的動詞，終歸春泥沃土。然後，期待來年，當春風再舞，當綠芽們甦醒向天，請燦金祥獸們再予我三千種變臉，說英雄歸田，看膴膴周原。